九流女太醫

上

風文創 1073

閑冬 著

風文創 1073

目錄

序文

閑冬

一個穿越而來、無依無靠的平凡女子，一睜眼便身處在陌生朝代的都城，即將要以一個新的身分，進入天下醫者夢寐以求的太醫院中謀事。這樣的開局，對一個對醫術一無所知的女子而言，究竟是幸運還是不幸呢？

幸運的是，她曾經在書中看過這個世界，不幸的是，這個世界的許多事情，卻不像她在書中所見到的那般……

而同時，還有另一個人似乎也和她一樣，見過這個世界本來的劇情發展，正在用自己的力量改寫著故事的走向和結局。

他們終究會相遇，會猜忌，會試探，會糾纏，會在陰謀與紛爭中成長，明白自己真正想要什麼，攜手走未來的路。

第一章

蘭亭亭覺得自己倒了八輩子血楣，才會一覺醒來發現自己趴在考場上。

一定是睜眼的方式不對，蘭亭亭乾脆俐落地又趴了回去，還沒來得及再睜一次眼，就被一聲悶響嚇得坐直了身子。

監考老師的戒尺可不長眼，說不準下一次就會拍到她的頭上。蘭亭亭立馬握起筆賠笑，假裝埋頭答卷。

等等，這位監考老師怎麼穿的是長衫長袍？頭上戴的半透明黑色帽子又是什麼？為什麼周圍的人都穿著束腰的長裙？

蘭亭亭一驚，手中的筆滑落，未聞聲響，卻見墨跡迅速漫開，順著宣紙特有的紋路向前延伸，延伸到了極致，在它難以觸及的位置，蘭亭亭看到了一個名字，阿蘭。

這什麼名字，怎麼連個姓氏都沒有？

她晃了晃腦袋，叼起了筆，開始努力回想醒來之前她在幹什麼？

蘭亭亭是個普通的上班族，下班之後經常跟朋友出去聚餐，只不過最近天氣開始冷了，她也越發懶得出門，下班回家吃完晚飯後便窩在床上看小說，而前一晚她剛剛看完了一本名叫《太醫院寵妻日常》的小說。

蘭亭亭向後一靠，靠在了硬邦邦的椅背上，欲哭無淚地看著眼前的牌匾，「醫者仁心」這四個大字在她空盪盪的腦海裡逐漸放大，巧的是，那書中男女主角相戀的地方，也有這麼四個大字。

不會吧……

她無奈扶額，偷偷張望，試圖找到一些足以反駁自己胡思亂想的證據，結果好巧不巧地瞥見了坐在左邊的姑娘的考卷，「呂羅衣」三個秀麗的小字躍然紙上。

蘭亭亭的腦海裡閃過一串冗長的外貌描寫，她精準地從中抽取出了幾個關鍵詞，小圓臉、杏眼、膚如凝脂、面若桃花，右頰有個若隱若現的酒窩……

而這些詞所描繪的，便是《太醫院寵妻日常》的女主角，也就是坐在她身旁的這個不過十六、七歲的小姑娘，呂羅衣。

真是個可愛的小姑娘！

蘭亭亭忍不住歪頭看她，看她提筆時認真的表情、思考時因為抿唇而越發清晰的酒窩，深深覺得這女主角實際上長得比她腦海裡想像的模樣還要靈動好看許多。

許是被盯久了，呂羅衣也注意到了她，微微揚眉，露出一個略帶疑惑的笑容，蘭亭亭連忙收回視線，假裝無事發生地在考卷上胡亂寫幾筆。

一炷香後，考試時間過半，蘭亭亭才終於接受了自己穿到書中的事實。

同時，她發現了一個重要的問題，這個原身阿蘭究竟是哪位呀？

她的大腦開始飛速運轉，努力在自己對這本書僅存的記憶中瘋狂搜尋相關信息。

《太醫院寵妻日常》講述的是在燕朝先皇死後，八歲的燕順帝登基，太后垂簾聽政，與攝政王七王爺共同輔政背景下，民間女醫呂羅衣進宮後一路升遷，並與太醫孟樂無成為歡喜冤家，最後攜手幫助太后母子穩定朝局的圓滿故事。

蘭亭亭翻來覆去的思索了個遍，卻發現自己彷彿一個沒有腦子的嗑糖機器，只記得男、女主角甜甜蜜蜜、你儂我儂的日常，而這位名叫阿蘭的姑娘，顯然並非男、女主角身邊的熟人……

想到這兒，蘭亭亭的心涼了半截，這雖是本甜寵小說，但是書中的背景對普通人來說卻是一場災難。

彼時燕朝剛剛建立二十多年，朝堂並不穩定，七王爺有心爭權卻不願揹負罵名，便在朝中各部安插了自己的門生，滲透進權力中心，妄圖逐步架空太后和小皇帝母子。

而本書中最能搞事的大反派成雲開便是七王爺的門生之一，他被七王爺安排到翰林院謀事，在宮中遇上了男、女主角，很快與男主角成為朋友，而男主角之後才發現，成雲開只是想利用他得到太后一派的消息。

此人面上看著溫文爾雅，實則為達目的不擇手段，在謀權的過程中，無數的人死於他手中，他甚至不甘居於七王爺之下，意欲謀反，最後終被男、女主角聯手擊潰。

這本是個大團圓的美好結局，但蘭亭亭想到此，方才還熱呼著的半顆心也徹底涼了。

阿蘭！她終於想起這是哪個阿蘭了！

是那個最後死在反派懷裡，被反派驚呼出她的名字的阿蘭；是那個人生中唯一的高光時刻是為反派主子擋劍而死的阿蘭，臨死前甚至連一句遺言也沒說。

她是成雲開最忠誠的死士，最沈默而鋒利的一把利刃，在黑暗中出生，在黑暗中消亡。

一股涼意自褲腳爬上了蘭亭亭的肩頭，凍得她打了個哆嗦，監考的大人也打了個噴嚏，吩咐一旁的下人關上了窗戶，而蘭亭亭卻還是覺得冷。

就在前一晚，她還在吐槽反派那些不知好歹、不分善惡的死士愚蠢又歹毒，而現在，她卻成為了他們的一員，可能即將就要被命運推向下一次的覆滅！

不過好在，不幸之中的萬幸，她穿越到了書裡劇情開始的起點，她還來得及重新站隊，遠離瘋魔的反派，衝向男、女主的懷抱！

蘭亭亭看著身旁奮筆疾書的呂小姑娘，又燃起了鬥志。

既然阿蘭最終是因成雲開而死，那她從一開始遠離他不就好了嗎？是男、女主發糖不夠甜，還是跟著主角躺贏不夠爽？

蘭亭亭看著「醫者仁心」正下方默默燃燒的最後一炷香，深吸了一口氣，緩緩吐出，心中有了來到這個世界的第一個目標，她要考進太醫院，抱上女主的大腿！

然而下一秒，她就遇到了來到這個世界的第一個現實問題，她看不懂文言文呀！

這題目總共不到二十個字，蘭亭亭翻來覆去看了半晌，終於明白是在問她入宮之前的行醫經歷。

叼著筆桿，咬了一圈，沉木的氣息充斥著她的鼻腔，蘭亭亭忽然福至心靈，一個大膽的想法萌出心頭，水汪汪的大眼睛滴溜一轉，二話不說開始作答，她就不信，憑藉她國立大學碩士生的腦子還考不過一個太醫院入學考試？

別說，還真是如此。

畢竟總共四炷香的時間，她浪費了三炷香在思考人生上面，於是試卷上自然沒來得及寫多少內容，就被太醫院鐵面無私的監考大人給無情地收走。

蘭亭亭揉了揉手腕，要不是她大一時三分鐘熱度修過一個學期的書法課，這毛筆字她都寫不出來，她有點懷念那個戴著厚厚眼鏡，苦口婆心地督促她練字的絕頂老頭了。

還沒來得及傷懷，便見身旁的呂羅衣已經起身隨著人潮走到了考場門口，她連忙捲起長袍，拎起裙角追上去。

跟人搭訕這件事，她說不上多擅長，但至少已經在她原本二十六年的生活中重複過無數次，她熟練得很。

於是，她自信地走到呂羅衣的身旁，略有些浮誇的長嘆一口氣道：「唉，還以為太醫院的考試會是些書本上的內容，沒想到要自述行醫經歷，看來我是沒什麼希望了。倒是姑娘寫了好幾頁紙，沒想到年紀輕輕竟有這等豐富的經驗呀！」

呂羅衣聽她這樣說，連忙道：「姑娘說笑了，小女只是當過一段時間的遊醫，懂得些淺顯的常識而已，姑娘也不必擔心，過兩日再進行的第二試便是考書上的內容，今日不過是自述經歷，好讓太醫院有些初步的瞭解罷了。」

蘭亭亭一聽到還沒考完，一時不知該悲還喜，面上卻露出寬慰的神情，明知故問道：「妳我相鄰而坐，今日有緣，我還不知道姑娘姓名，可否相告？」

「小女呂羅衣，來自江南。不知姑娘如何稱呼？」

「我叫阿蘭。」

十幾歲的小姑娘很容易成為好友，蘭亭亭從呂羅衣和她的同鄉陳素的口中得知了許多關於太醫院女官招考的細節，而這些事書中自然鮮少提到，但對目前的她而言，又至關重要。

從前一天她們進入太醫院開始，共計八天的考期中，總共會進行四次考試，最後一天是殿試，有五個人可以參加，基本算是確定的名額，哪怕最終不能進入太醫院，也可以去宮中其他的部門履職，吃上這碗皇糧。

這一批來太醫院應試的姑娘約莫有二十個，據蘭亭亭挨門挨戶的攀談觀察，真正有決心考進太醫院的人其實並不多，呂羅衣和陳素自然算是，還有就是她的另一個室友丁蘭香，如此算來，還有兩個殿試名額，她還可以努力爭取一下。

盤算清楚了這個問題，她的信心一下子飆升，恨不得現在就鑽進書山學海中遨遊，但是現實給了她一記響亮的耳光，阿蘭的隨身行李中，竟然只有兩本嶄新、從未動過的不知名醫書，她根本看不懂。

蘭亭亭痛苦的望天，合著這位姑娘也是重在參與的一員啊？

怪不得書中沒寫到她進入太醫院，而是成了成雲開的死士，然後就是短命的下場……不行，她可不能再重蹈覆轍，知識改變命運，她要努力學習！

在觀察了一圈太醫院的考生後，蘭亭亭發現這些人要麼無心考試，和阿蘭一樣沒帶什麼有用的醫書，要麼就是只忙著自己發憤圖強用功中，對陌生人帶著些許敵意。

最終她只得將希望寄託在善良可愛的呂羅衣身上了，於是，蘭亭亭兩眼發光的衝進了另一間考生休息的房間，很快地找到了呂羅衣。

只見她深情款款的捧起她的雙手，可憐兮兮的問道：「羅衣妹妹，妳這裡還有多的醫書嗎？」

呂羅衣從行李中翻出了幾本書，問道：「有啊，怎麼了？」

蘭亭亭連忙拿起書翻了翻，雖然呂羅衣在書中有做詳盡的筆記，但這些內容對她而言還是過於深奧了，她不好意思地放下書，問道：「妳有沒有帶關於藥草的書呀，可以借我讀嗎？」

望聞問切需要經驗，而藥草的用法還可以臨時抱佛腳惡補死記，應該勉強能應付一下考試吧。

「藥草？」

呂羅衣想了想，見她一臉誠懇的模樣，瞥了眼一旁小憩的陳素，示意蘭亭亭隨她出去。

兩人到了屋外，呂羅衣才小聲道：「藥草的書我沒有帶來，不過我知道這裡有個地方收藏了全天下的醫書古籍，肯定找得到妳想看的書，不過可惜只有太醫院的人才有資格進去察看借閱。」

蘭亭亭聽罷，不禁露出詫異的神情。「妳說的是真的嗎？妳怎麼知道這裡還有這樣的地方？」

「因為我……」

呂羅衣話說到一半就臉紅說不下去了，蘭亭亭這才突然想起她與書中男主角孟樂無的關係，孟樂無就是太醫院的人，他們過去便相識，如今呂羅衣也想進太醫院，想來曾從他口中聽說過一些這裡的事情。

見她不知怎麼說才好，蘭亭亭也不再追問，轉而道：「我只是想借本書而已，應該沒關係吧，咱們就去看看，說不準下個月便是太醫院的一員了，今兒個我們也不過是提前熟悉一下環境罷了！」

呂羅衣聽罷，眉頭繼而舒展開來，露出了甜甜的笑容，酒窩深陷，格外好看。

呂羅衣所說的地方，便是太醫院的藏書閣，離眾人考試的大殿很遠，曲折蜿蜒的走了很久，直到一處涼亭，呂羅衣才停下了腳步。

她指了指不遠處深藏在樹林中的一座小屋，道：「就是那裡，妳進去看看吧，看想借什麼書，我留在外頭幫妳望風，不要待太久。」

蘭亭亭一驚，這她哪能答應？倒不是因為不敢，而是她進去也沒用，別說古代的醫書了，就是現代醫書她也看不明白，可能找一天也不知道該借哪本書才好。

她連忙道：「不不不，這裡妳比較熟悉，還是妳進去找書比較快，否則我也怕自己亂摸亂碰壞什麼東西，妳就替我隨便找兩本藥草相關的書出來就好。」

呂羅衣一聽也有道理，便不再拒絕，徑直朝藏書閣走去。

給人望風這件事，蘭亭亭倒不是沒幹過，她貓在涼亭旁的草叢中，找了個最佳視野，張望著旁邊兩條岔路。

一炷香過去了……

兩炷香過去了……

半個時辰過去了……

蘭亭亭方才怦怦直跳的心臟在這漫長的等待中逐漸平復，這條偏僻的小路一直無人光顧，她也就不自覺的大膽了起來，不耐煩地搧著周圍的蚊子。

忽然，一旁的草叢有了些許響動，她連忙停下了手頭的動作，屏息望去，許久沒有動靜，過了一會兒，草叢中飛快的跑出一隻抱著松子的大尾巴松鼠。

蘭亭亭長呼一口氣，安慰自己道，穿書的第一天就被抓個現行，不至於如此倒楣。

當她抬起手來正準備繼續趕蚊子之時，一個清亮的聲音在她的頭頂響起，帶著幾分嚴厲。

「妳在這兒做什麼？」

完了，還真就這麼倒楣。

所謂最佳視野，自然是進可攻、退可守，這一處涼亭旁是一個不算太大的水塘，周圍長滿了高高的蘆葦，如果有人路經這裡，蘭亭亭進可從兩旁的岔路將來人引走，退可縮到一旁的蘆葦蕩中隱去身形。

結果沒料到竟會有人避過她的視線，突然出現在她腦門兒頂上的涼亭裡。

蘭亭亭被嚇了一跳，本能後退了半步，水塘旁的土路一部分因為浸染池水的緣故顯得泥濘不堪，她不慎踩了上去腳下一滑，眼看著就要摔向水塘，她立馬閉上了雙眼，祈禱這一切只是個夢，她不想掉到水裡啊——

似乎是祈禱發生了作用，她被人拉了一把，穩住了身子。

「我沒對妳做什麼吧，何至於投湖自盡？」

方才的聲音又響了起來，蘭亭亭不敢抬頭看他，連忙整理一下自己的衣衫，緊張地道：「民女不慎扭了腳踝，沒能站穩，與大人無關，多謝大人出手相救！」

那人上下打量著她，又道：「妳是來考太醫院女官的女醫？」

「是。」

「叫什麼名字？」

「阿蘭。」

「為什麼想來這裡？」

「希、希望能精進醫術，替皇家排憂解難。」

蘭亭亭覺得自己回答了一個完美的答案，卻聽那人發出一聲輕笑，她本能地抬頭看去。

只見此人一身藏藍色常服，長身玉立，正看向她來時的小路，他的眉眼舒展，雙眸微亮，瞳色極深，像一汪深潭，不可見底，他的唇角雖未揚起，卻似帶笑。

蘭亭亭怔怔地看著他，出了神。

那人卻未在意她的目光，沈沈道：「何必非在皇家做事呢？在宮外遊走，五湖四海任妳闖蕩，豈不更加逍遙自在？」

蘭亭亭一時之間不知該怎麼回答，只能直愣愣地盯著眼前的人，男子被盯得有點不太自在，皺起了好看的眉毛。

「沒人教過妳，這樣直勾勾的盯著別人看很失禮嗎？」

「是民女失態了。」

蘭亭亭連忙低下頭，不再看他。

那人看了看藏書閣的方向，注意到路邊的草叢莫名地竄動，他輕笑著搖了搖頭，又說道：「太醫院藏書閣裡的醫書可是世間珍品，每一本都記錄在冊，若是隨便丟了一本都是大事，瓜田李下的，妳在這兒逗留可要小心被誤會哦。」

蘭亭亭聽他提到藏書閣，心中咯噔一下，未想到他一眼便看穿了自己的心思，低頭連聲應允，不敢多言，心中盤算著如果他再說下去，自己該如何解釋才好。

等了半晌，對方卻未再出聲，蘭亭亭小心翼翼的抬頭看去，原來那人已走了，瞧著那玉樹臨風的背影，她傻傻出了神。

此時藏書閣旁的草叢中鑽出了一人，呂羅衣現了身，捂著胸口的襯衣向她跑來。

不知是不是因為緊張，她的臉頰染上緋紅，眼角帶著難掩的笑意，來到蘭亭亭面前，立即將懷中的書拿出來遞給她。

「對不起，在裡面出了點事情，耽誤了時間，這是妳想看的書，我從放藥草書的櫃子隨手拿了兩本，匆匆忙忙的，妳看看行不行？」

蘭亭亭粗略的翻看了下，將書藏入懷中，對她豎了個大拇指。

呂羅衣鬆了口氣，笑道：「妳剛剛沒被發現吧？」

「沒有，沒事。」

剛剛那個人應該沒有惡意，不會把剛才的事情說出去。這麼一想，她便放下了心。

蘭亭亭對方才那人印象深刻，當下滿腦子都是方才那人說話時的模樣，說清俊顯得有些淺淡，說明豔又太過濃重，他不笑的時候像一座雕塑，冰冷而疏遠，帶笑時又似一陣春風，和煦而溫暖。

此等身形，不是書中男主孟樂無又能是誰？

蘭亭亭內心大感遺憾，這可比她腦補的男主帥多了，怪不得故事裡女主會對他一見鍾情，要不是她知道他早晚心有所屬，也會忍不住被他的美色吸引。

蘭亭亭想至此，忍不住對呂羅衣道：「剛剛就只有太醫院的孟樂無大人經過，我跟他小聊了一下，然後他就走了，他長得真好看啊！以後若是有機會跟他相處，妳一定要好好珍惜他！」

呂羅衣被她這番話說得丈二金剛摸不著頭腦。「妳在說什麼？剛剛與妳交談的不是翰林院的成大人嗎？」

「成大人？哪裡來的成大人？不是孟樂無嗎？」蘭亭亭反問，一臉疑惑地看著呂羅衣，卻見她也同樣疑惑地看著她。

她的腦海中，忽然又閃過了一個關鍵的問題。

等等，成大人？書中寫的那反派叫什麼來著？

不會吧……蘭亭亭一拍腦門兒，暗罵了自己一聲。

書中對成雲開的外貌少有描寫，多以清朗、俊秀等詞簡述，因此她對此人沒什麼印象，看到帥哥直覺就認為是男主，未想到一個反派竟有如此容顏。

果然是越好看的男人越會騙人，危險，太危險了。

她兀自反思了一下，更加堅定了自己得遠離成雲開這危險人物的決心。這沒在身邊倒好說，若是在他身邊久了，指不定會被他迷惑幹出什麼缺德事來。想到這兒，她倒是有點理解書中阿蘭的際遇了。

呂羅衣見她呆愣著，在她眼前晃了晃手，狐疑道：「昨兒個不就是成大人將咱們迎進太醫院的嗎？妳怎麼隔一天就忘了？」

蘭亭亭笑了一下。「是昨兒個有些緊張，沒太仔細看而已，不過說起來，翰林院的大人怎麼會來管太醫院的事？」

呂羅衣笑道：「這妳就有所不知了，宮中文學、經術、醫藥、僧道、書畫等事，都是由翰林院專人負責管理協調的，再說，凡是科舉考試一類本就是由翰林院負責的，今年雖是頭一回向宮外招女官，但也理應由他們負責。」

言罷，呂羅衣又忍不住開口問道：「妳是如何知道孟大人的？」

蘭亭亭連忙收了思緒，見呂羅衣小心翼翼的模樣，故作神秘道：「孟大人，我當然知道，還知道得很多呢！告訴妳也無妨，我會卜術，我還算出了妳和那位孟大人必有前緣。」

呂羅衣大驚，躊躇半天又問道：「那妳還算出了什麼？」

「天機不可洩漏！」蘭亭亭看她脹得紅通通的小臉，忍不住大笑起來，笑到一半，想起呂羅衣剛剛說的話，回問道：「對了，方才妳說在裡面出了事，出了什麼事？可是被人發現了？」

「嗯……不，沒、沒事……」呂羅衣扭扭捏捏的說不出個所以然來，只是連忙岔開話題，交代蘭亭亭。「對了，這書妳可要收好了，考第二試之前得完好無損地把書還回去。」

蘭亭亭見她如此模樣，突然了然，想起書中男、女主初次重逢的場景，不就是在這藏書閣附近？呂羅衣所說的出了些事，想必就是她在裡頭遇到了真正的男主角孟樂無。

想至此，她忍不住對著呂羅衣壞笑起來，笑得呂羅衣臉頰上的紅暈染得更開。

太醫院招考的第三天，在太殿安排了女官選拔的第二場考試。

老天並不作美，下了一整夜的雨，晨起時天氣仍是陰沈沈的，時不時響起一聲悶雷，待到辰時快要開考時，忽然又一道閃電劈下，大雨傾盆而落。

蘭亭亭頂著兩個濃重的黑眼圈，打著哈欠，舉著幾乎沒什麼遮雨作用的油紙傘，左搖右晃地到了考場。

她深深地呼吸著潮濕的空氣，沒來由地起了一種不祥的預感。

待考的女醫們三五成群的在大殿裡面相互撣著雨水，幾個身著太醫院制服的大人也在殿裡避雨，蘭亭亭偷偷看了他們幾眼，當中最為年長被周圍人簇擁的，想必就是現在的院長羅遠山了。

而他身邊那個年輕人，應當就是孟樂無了，的確是五官深邃，身形卓絕，不過他眼神中流露出的淡漠卻讓她感到陌生，書中所描述的孟樂無是個溫柔平和的人，臉上時常帶笑，不似這般，站在人群中央，眼中卻無一人。

這個世界裡的人著實有些奇怪，和書中所描寫的十分相似，但又有些許不同。

蘭亭亭整理好衣飾，梳理好髮髻，坐在自己的位子上，放空了心思，不再胡思亂想，專注反覆默背著這兩日背下來的醫書內容。

一上午的時間轉瞬即逝。

屋外的大雨也漸漸轉停，蘭亭亭寫完了最後一個字，放鬆地靠在椅子上伸了個懶腰，看向窗外，天氣還是有些陰沈，冷冷的光灑在寫滿字的宣紙上，看得她有些恍惚。

大殿中的平靜被一陣急促的腳步聲打斷，明明雨已經轉停，蘭亭亭還是能看到來人衣角滴落的水珠。

那小廝神色慌張，徑直朝孟樂無奔去，在他耳畔匆匆的說了幾句話，便見孟樂無也變了神色，雖不及那小廝一般形於色，但也不難看出，應當是出了大事。

孟樂無點了點頭，示意他冷靜，看了眼桌上快要燃盡的香，低沉的聲音開口道：「時間到了。」

待其他幾位監考的大人收完試卷，他才又道：「從昨日清晨到現在，去過後院的人，跟我出來一下。」

他話一完，陸續有七、八個姑娘站了起來，相互觀望著，猶豫著跟在他身後走出殿去。

孟樂無嚴肅的樣子著實有些嚇人，沒人敢交頭接耳多作議論，蘭亭亭自然也在其中，跟在呂羅衣的身旁，正努力回想書中這時候發生了什麼。

她們昨日才去後院還書，除此之外也沒做什麼特別的事，對眼下的情況一無所知。

一路走到了後院，蘭亭亭確定書中沒有寫到這兩天後院有發生什麼大事，只能憑空猜測可能是後院水塘積水需要人手除污，或是藏書閣漏雨需要她們幫忙曬書吧？

來到大殿外，翰林院一干人正等在書房門口，蘭亭亭忽然一個激靈，認出了成雲開正站在那裡。

孟樂無上前和成雲開短短地說了幾句話，隨後就把呂羅衣和另外兩個姑娘帶走，蘭亭亭不明所以，只能依依不捨地看著呂羅衣走遠的背影，快快地覺得這條大腿似乎也不太靠得住。

成雲開的神色卻是十分平常，再加上他經常在太醫院走動，逢人會打聲招呼，女醫們在他面前自在了些許，幾個人便開始小聲交流。

蘭亭亭卻未出聲，只暗自腹誹，真是個笑面虎，可憐這些姑娘們被他的外在矇騙。

成雲開待她們討論出了萬千可能後，才悠悠開口。「妳們很好奇發生了什麼事？」

眾人皆點點頭。

想來也是，他故作神秘道：「秦苒死了。」

他說這句話時的語氣，好像在爆料今天晚飯會吃宮保雞丁。

在姑娘們倒抽一口氣的間隙，蘭亭亭想起了秦苒是誰，她的震驚遠比周圍人更甚。秦苒是御膳房的幫廚，經常往來太醫院幫忙，挺熱情活潑的一個南方姑娘。蘭亭亭前兩日還見過她，她還說中秋的時候要留幾個月餅給大家。

但她御膳房幫廚的身分只不過是表象，唯有蘭亭亭知道她的秘密。

書中劇情就交代了，半年後，燕國將與陳國開戰，陳國動用了早年間安插在燕國皇宮的間諜給小皇帝下毒，最終被呂羅衣發現伏法，而這個人，就是此刻已死的秦苒。

可不對啊，照劇情來看，此時此刻，這人還不應該死。

難道是因為她的出現，讓事情的發展出現了變化？

若真是如此，自己不知道何時的一個不經意的舉動，恐怕會連帶引起難以預料的蝴蝶效應，也就是說，此刻自己的一言一行有可能對她的未來造成無法估量的影響？

蘭亭亭打了個寒顫，不敢細想下去。

秦苒的屍體是在後院的水塘中被發現的，仰面朝天。

蘭亭亭當然沒有親眼看到，這是成雲開轉述的，他說得繪聲繪影的，惹得眼前的姑娘們一個個嚇得抱團取暖。

「說說吧。」成雲開抬手壓了壓眾人的聲音，開口道：「妳們這兩日到後院都幹什麼了。」

姑娘們彼此看了看，一個較膽大的姑娘率先道：「我們只去過後院的廚房，過幾日便是中秋節了，秦苒給我們留了些多做的糕點，讓我們去後廚拿，我們拿了就走了，別的事，我們真不知道。」

說罷，其他人也開始七嘴八舌帶著哭腔地說明。

成雲開連忙擺了擺手，讓她們噤聲。

「冷靜冷靜，妳們還是一個一個說吧，交代清楚點。」他在眾人中觀望了一下，指著蘭亭亭勾了勾手指道：「妳先進來，我們慢慢說。」

他向一旁的小廝使了個眼色，小廝立刻開了書房門，讓兩人進去。

書房裡只有簡單的桌椅，成雲開自然地坐上主位，一邊示意蘭亭亭在案桌另一頭坐下。

蘭亭亭依照指示坐下，看著成雲開，發覺他這個人很是奇怪，在外面人多嘴雜的時候，擺出一副事不關己看熱鬧的嬉笑模樣，可此時盤問她的時候，卻是正襟危坐、神色嚴謹，很有一副大人辦案的派頭。

書房的木椅坐著有些硌，蘭亭亭挪了挪屁股，以一個儘量舒服的姿勢坐好。

「大家似乎都認識秦苒，妳也是嗎？」成雲開看她扭來扭去，下意識地眉頭微蹙。

蘭亭亭點了點頭。

「我沒記錯的話，她這段時間也沒來過太醫院幾次，說說吧，妳是怎麼認識秦苒的？」

蘭亭亭回憶道：「我是來這裡的第二天晚上在飯堂認識她的，我對這裡人生地不熟的，見她在飯堂幫忙，一開始還以為她是太醫院負責伙食的主廚呢，就跟她聊起來了。」

「就妳自己嗎？都聊了些什麼？」

「不只我一個人，當時呂羅衣也在，就是剛剛被孟大人帶走的那個小圓臉姑娘，還有和我一起住的一個姑娘丁蘭香，我們就是隨口聊些家長裡短的小事罷了。」

蘭亭亭提到丁蘭香，腦海中突然閃過了一些書裡的片段，頓了頓才又道：「不過她昨天應該沒有去後院。」

「那麼妳昨日去後院幹什麼了？」

蘭亭亭不自覺呼出一口氣，終於問到了這個問題，她畢竟不能直說她是跟呂羅衣一起去藏書閣還書，自己在外頭望風，還好在來的路上，她已經想好了說辭。

「昨日說好了要去幫秦苒打下手，準備中秋的食材，不過我申時左右到後廚找她的時候，她不在，我就回去了，因為還得準備今天的考試。」她說的也是實話，只不過隱去了前因。「廚房的小廝都可以為我作證。」

成雲開聽罷狐疑的看著她，卻是問道：「妳會做飯？」

蘭亭亭沒想到他關注的重點竟是這個，連忙回想劇情，這個時候成雲開應該對阿蘭並不瞭解，於是她重拾自信，胡謅道：「當然，小時候學過一些。」

成雲開微瞇起眼睛看著她，雖是滿臉懷疑，但沒再追問。

天色漸昏，隨著晚霞的消失，蘭亭亭和其他人終於回到了廂房，屋裡的幾個姑娘圍了上來關切的與她閒聊，彷彿下午的事情沒有發生過一樣。

蘭亭亭心裡裝著事，有一搭、沒一搭的應著。

對於秦苒的死，她總覺得很不對勁，成雲開白天在書房裡只是一一盤問了幾個人的行蹤，其他什麼關鍵的資訊都沒有提，她滿腹疑問，一直想著這件事，疑惑仵作到底有沒有查出她是何時死的？身上可還有其他的外傷？

最重要的是，她究竟是不是被謀殺？殺她的人又是因何緣由？這一切全是謎。

沒聊幾句，終於還是有人忍不住好奇的問道：「孟大人叫妳們過去，到底是為了什麼事呀？神秘兮兮的。」

說話的是嶺南醫谷的丁蘭香。

蘭亭亭看著她好奇卻又小心翼翼詢問的模樣，忽然覺得背後一涼。

在她這些個室友當中，她最熟知背景的便是丁蘭香。

書中清楚交代了丁蘭香的背景，據說她來自嶺南醫谷，自小從未出過山谷，第一次出門便來了京城，嶺南醫術頗負盛名，她自然也不落人後，成為最終留在太醫院的幾個人之一。但她生性爭強好勝，不甘屈居呂羅衣、陳素之下，結果便設計了竊書的手段栽贓她們，呂羅衣有女主光環，自然沒被陷害成功，但最終導致陳素被驅逐出宮，落魄一生。

她會不會跟這次秦苒的事有關……

蘭亭亭被自己冒出來的可怕想法嚇了一跳，不過轉而又想到秦苒與丁蘭香沒有什麼交集，也搶不了她的風頭，她沒必要對她下手。

她一邊想著，一邊應著。「沒什麼事，說是後院的小路年久失修，讓我們未經允許不要再去後院了。」

丁蘭香恍然大悟。「原來是這樣，也是，這兩天雨下得多，那裡的路定然是不好走的，還好我沒去。」

話音未落，屋外忽然一陣響動，丁蘭香探頭看去，太醫院的大人竟然大晚上的來到這裡宣布事情。這情況著實稀奇，所有人立即收拾好著裝，連忙出了房間。

十多個姑娘圍了上去，來者是太醫院當下唯一的女官程玉如，她原是伺候太后起居的宮女，如今年紀大了，便來太醫院履個閒職，準備過兩年衣錦還鄉。

程玉如四十多歲的模樣，冷著一張臉，神色漠然，語速有些急促地命令道：「前院連通後院的門已經關上了，以後未經允許，不可以再去後院閒逛，尤其是水塘附近，昨兒個雨大，已經有人意外失足落水，不想重蹈覆轍的，就都踏實在屋裡待著備考。」

說罷，扭頭便走了，留下一群沒反應過來的小姑娘們面面相覷。

蘭亭亭沒有興致加入她們天馬行空的討論，她打了個哈欠，有些睏了，準備回去漱洗休憩，卻在轉身回房時，被丁蘭香拉住了手腕。

她拉著她到一旁的樹下，問道：「妳可知道意外落水的是誰呀，是咱們認識的人嗎？」

蘭亭亭沒有回應，只是盯著她，覺得她的追問超出了尋常好奇的程度。

丁蘭香看她如此眼神，連忙補充道：「若是認識的人，也好拜祭一下，相逢便是有緣嘛。」

「是御膳房的秦苒，前幾日咱們還有遇到吧，後來妳還有見到她嗎？」蘭亭亭反問道。

「是秦苒？真的嗎？」丁蘭香有些訝異，蹙眉道：「怎麼會這樣呢，水塘那麼淺，怎麼會出人命呢……」

蘭亭亭覺得這話有些奇怪，仔細回想了下，自己去過那水塘附近，也沒去注意水塘的深淺，丁蘭香怎麼會知道這個？

她正欲追問，卻突然注意到她裙下的褲腳有一處灰黑色的印子，像是染了色。

布料之所以會染色通常是因為弄髒後又過了水，未及時清洗乾淨，今天清晨下了大雨，考生們離開房間前往大殿考試，褲腳是勢必會被淋濕的，但丁蘭香這處污跡顯然不只是下雨淋濕，因為上頭還有一些明顯的泥沙，像是走過什麼泥濘路似的。

但昨日一整天她都在大殿看書，這是眾人有目共睹的，她是何時、又是從哪裡沾到了污漬呢？難不成這幾天她也去過後院，那又為什麼裝不知情呢？

蘭亭亭滿是疑惑，靈機一動，在兩人回房就寢的路上，假裝踉蹌的踩了她一腳，趁著俯身為她撣乾淨裙襬的時候偷偷抹了下上頭的污漬，隨即將手縮回袖子裡，摩挲著，感覺指尖留下了些許細小的沙粒。

第二章

回到房間，躺在自己的床上，蘭亭亭睜著雙眼怔怔地看著天花板，卻一時失去了睡意。

秦苒雖是陳國間諜，但新來乍到的蘭亭亭著實對大燕這陌生的國家還沒有什麼深切的歸屬感，對她而言，面對的是一個鮮豔生命的凋謝，這件事不禁讓她隨之自危，擔心自己會不會面臨同樣的遭遇，因此更想弄明白究竟秦苒遭遇到什麼意外，而此事會對她造成什麼影響……

夜深了，蘭亭亭整夜翻來覆去，想事情想到睡不著，直到總算撐不住了，昏昏沈沈逐漸入夢之時卻忽然驚醒，眼前揮之不去的，是夢中熟悉的場景。

她瘋了一般翻找著家中的大小抽屜，彷彿是在尋找著救命稻草，但卻一直找不到想要的東西，她陷入了一個迴圈中，無論如何也走不出來。

這個夢已經跟隨著她十多年了，卻還是每次都會在心中翻起巨浪。

蘭亭亭緩緩坐起，擦了擦額角的冷汗，月光透過紙窗輕輕的照拂在每個人的身上，她忽然發現，床上少了一個人，丁蘭香不見了！

直覺認為丁蘭香有可能去了後院，為了印證她大膽的猜測，她決定一探究竟，輕手輕腳地起了身，偷偷出了房間。

雖然已宣布封鎖了前後院相通的路，不過實際上太醫院前院與後院有許多條相連的通道，若是不熟悉的人，自然以為主要通道被柵欄封鎖就去不了後院，不過蘭亭亭卻知道，東側廂房的後面還有一道暗門有小路可以通往後院，書中呂羅衣與孟樂無私會時，便是走這條小路。

夜深人靜，她獨自來到東廂房的後方，小心翼翼地打開暗門，暗門後面有一片茂密的雜草，上頭有些許被踩過的痕跡，不過看起來已有些時日，蘭亭亭放下心來，她可不想此刻遇到小情侶，著實太過尷尬。

穿過雜草路再走遠一些，眼前的景象驟然開闊，藏書閣映入眼簾。

蘭亭亭來到藏書閣的連廊上，遠遠的看到了正在涼亭旁的丁蘭香。

果然在這裡，看來她是直接翻越柵欄過來的。

只見丁蘭香低著身子不知在地上翻找什麼東西，蘭亭亭急著想看丁蘭香在找什麼，恰巧一旁竄出來一隻松鼠，她心生一計，從地上撿起一粒松子，朝水塘旁滾去，靈活的小松鼠飛快的跟上。

丁蘭香本來專注翻找著地上的草，忽然聽到附近有聲響，立即趴低身子停了動作，左右張望卻看不到來人，最後不甘心的在草叢中胡亂的抓了一把才扭頭跑走。

待確認人已不見，水塘附近又恢復了平靜，蘭亭亭才輕手輕腳小心翼翼走向草叢。

這片草叢乍看並無甚特別，蘭亭亭就著丁蘭香翻找的地方仔細察看，眼尖地看到了一條透明的斷線。

這根斷線不足小指長，但韌性很強，斷痕像是撕扯開的樣子，她站起來看了看四周，比對著線的位置，離旁邊的水塘很近，她直覺想到如果這條線沒有斷，而是兩頭被綁著，橫在小腿的高度，路過的人沒有仔細看，一旦被線絆倒，很有可能栽入水中溺亡。

丁蘭香是在找這條線嗎？難道她真的和秦苒的死有關？

正當她專心對著月光觀察這根斷線時，背後忽然響起了一個聲音。

「怎麼又是妳？」

蘭亭亭一驚，險些把好不容易找到的斷線扔出去，不用回頭她便知道，這位背後靈自然是那位神出鬼沒的成大人，她暗自腹誹，怎麼每次來到這涼亭附近就會遇上他，她是走了什麼霉運？

可心裡再不滿，她還是只能回過身規規矩矩地行禮道：「見過成大人，大人怎麼也有雅興來這裡賞月？」

成雲開挑眉。「哦，這三更半夜的，姑娘是在賞月？」他指了指一旁波瀾不驚的水塘。「這裡不久前才死過人，妳就不怕在此撞鬼嗎？」

蘭亭亭愣了一下，然而隨即自嘲的笑了下，不就是死人嗎？她又不是沒見過。九歲那年，她親眼看著自己的父親捂著胸口倒在她面前，而後再也沒能站起來。

「如果這世上真的有鬼，那也不錯。」她神情柔和起來，眼中映著粼粼月光。「我就可以聽他講講故事了。」

成雲開本想再調侃幾句，卻見在月光的映照下，蘭亭亭的眼裡彷彿閃著淚光，他靜默了一會兒，才又道：「以後別再來這裡了，下不為例。」

丟下這麼一句話後，他便轉身離去。

太醫院的日子又恢復了平靜，眾人茶餘飯後討論的話題很快就回歸到考試上頭，彷彿秦苒的事從未發生過一樣，除了不能再去後院廚房偷吃之外，對很多人來說，在這裡的日子並沒有變化。

蘭亭亭叼著筆桿，恨不得把它咬斷，雖然昨夜她跟著丁蘭香的腳步發現了可疑的斷線，但左思右想，她還是想不通丁蘭香謀害秦苒的動機，只能說丁蘭香應該知道些什麼，也有可能就是她在水塘邊設了陷阱，但針對的人並不一定是秦苒……

不過此時任她如何推敲也沒有用了，秦苒的事情發生才短短三天，此刻太醫院已然以意外結案，區區一個意外或許會讓他們對水塘周圍的土路進行加固，除此之外恐怕不會再浪費力氣去追溯當時的真相。

她手中這根斷線便成了雞肋，留著沒用，扔了可惜。

她也不是沒有想過說出自己的想法，但是要說給誰聽呢？何況她也沒有證據證明這事跟丁蘭香有關，甚至連動機都說不明白，這一切仍是僵局。

呂羅衣在發呆的蘭亭亭面前揮了揮手，試圖引起她的注意。「妳在想什麼？可是在擔心過兩天的問診？」

蘭亭亭回過神來，像抓住救命稻草一樣地抓住了呂羅衣的手，頂著一張苦瓜臉看著她，真是個善良的姑娘，為了讓她忘卻一件煩心事，把另一件更令她煩心的事拿出來說，邏輯大師。

「別擔心，應該都是些常見的病症，不會有什麼罕見的疑難雜症的。」

小姑娘溫柔地安慰她，她卻更緊張得眼淚都快出來了。

若是疑難雜症，那麼大家都診不出來也就罷了，但若是常見的病症她還診不出來，別說考入太醫院了，到時候被發現是個冒牌貨，再定上個欺君罔上的罪名，那她就直接大結局了。

蘭亭亭也沒別人可以練手，索性便號著呂羅衣的脈，對著醫書看了許久，記得書中曾提過女主是畏寒體虛，身子不好，後來久病成醫，反倒自己將小時候的病症治好。

她將腦海裡的文字唸了出來，呂羅衣聽罷，有些驚訝。「這妳都能診出來，那更不必擔心後天的問診了。」

蘭亭亭卻委屈兮兮道：「後天我的問診對象若是妳就好了。」

正說著，陳素忽然從屋外回來，撣了撣披肩，見她們在聊天，便也坐了過去。

「我剛遇上了程女官，聽說後天考試，院長會親自來坐鎮。」陳素給她們二人斟上了茶。

「他還有這閒工夫？」蘭亭亭震驚。

呂羅衣道：「上次考試他不是也來了嗎？」

「那是當時雨大來避雨吧。」蘭亭亭拒絕接受這個消息。

「院長會來真是太好了，我正巧有許多問題想要請教他！」呂羅衣開心地拍了下手。

果然人類的悲喜並不相通，蘭亭亭苦笑著謝過陳素遞來的茶，壯士斷腕般的一飲而盡，拎著眼前的醫書，走到床邊躺下，將書扣在臉上，開始祈求上天千萬別讓她被院長盯上。

「他今天也在呢。」陳素道：「聽說是藏書閣出了事，特意回來解決。」

藏書閣？話音未落，只聽喀的一聲，呂羅衣手中的茶杯落在桌上，茶水灑了滿桌，順著桌沿流淌到地上，而蘭亭亭也挺屍一般猛然坐起，臉上的醫書掉在了地上。

陳素驚叫一聲，連忙拿袖子將茶水撇去，連聲叫著呂羅衣的名字，後者也瞬間回過神來搶救桌上的醫書，還好，沒有被水弄到。

陳素對她們二人的反應有些詫異，語氣中也有些難掩的氣憤。「好好的怎麼這麼大動靜，險些毀了這些醫書！」

蘭亭亭一邊道歉，一邊將傻站著的呂羅衣拉出屋外，雖然著急，但仍是輕聲細語的問道：「書還回去的時候順利嗎？這事與咱們無關吧？」

呂羅衣咬著下唇，不知道在想些什麼，有些出神。

蘭亭亭回想起那天的事情，又問道：「對了，那日妳去借書的時候，是不是遇上了孟大人？」

呂羅衣這才回過神來，點了點頭道：「是。」

「他可看見了妳去拿書？」

呂羅衣抿緊了唇，猶豫了許久要不要開口，最後見蘭亭亭著實緊張的模樣，還是開了口。

「是有看到，我當時在尋找藥草書籍，他突然出現，慌亂之下我拿了幾本書就跑了。」說到此，她又補充了句。「這事別說出去。」

「放心，這事我也參與了，咱們是一條繩上的螞蚱。」蘭亭亭若有所思，隨即又問：「那妳還書的時候，孟大人知道嗎？」

呂羅衣點頭，有些慌張地問道：「妳可還認識太醫院的什麼人，能否打聽打聽，究竟藏書閣出了什麼事，我還書前還特意檢查了的，書都是完好無損的。」

蘭亭亭聽罷，卻沒能得到寬慰，反而心中咯噔一下。

完好無損，經她手的那兩本書，豈能是完好無損？

她第一天興奮的拿到醫書時，因為沒有經驗，對古時的宣紙軟硬度沒做好估量，一抬手就被書劃出了一道口子，上頭立即就見血了，她連忙拿袖子擦拭，雖然只有一點點，但就是擦不掉。

蘭亭亭連忙問道：「妳確定是完好無損？妳可有仔細看過，書上可有污漬？」

「我檢查得很仔細。」呂羅衣努力回想。「除了封面上許是年久受潮墨跡有些暈染，別的地方沒發現有什麼污漬。」

「那孟大人知道嗎？他可有仔細看過書？」

呂羅衣輕搖了搖頭。「我不知道他有沒有看過，妳這麼問，可是這兩本書有什麼問題？」

蘭亭亭已然明白藏書閣出了何事，八成跟她借的書有關，很可能沒有順利還回去，而是中間被調包了。

她沈默著，開始回想除了他們三人，還有誰有機會在書本不在藏書閣的兩天中碰到她藏起來的書，想了許久，再度想到了那個人。

丁蘭香。

蘭亭亭沒有將心中所想和盤托出，畢竟藏書閣發生何事還沒有公諸於眾，也未曾聽說查到孟樂無的頭上，她心中所想都只不過是猜測。

但她也沒有完全將這個想法置於一旁，回到廂房後，趁著其他人外出進餐，蘭亭亭溜到丁蘭香的床邊偷偷找了一番，甚至把手伸進她的床墊下摸，試圖找到被調換的醫書。

可惜事不如人願，蘭亭亭沒有摸到什麼書，只意外的找到了一卷魚線，被扔在床底下的角落，沾滿了灰塵。

這線像極了她在水塘旁找到的斷線。

蘭亭亭此刻萬分思念她那兩萬元的手機，這若是能拍照取證可方便多了。她眼珠一轉，冒出了一個點子，將窗戶推開，一甩手把魚線扔到屋後的雜草叢中。

她探出頭確認了一下魚線落地的最終位置，卻眼尖地看到不遠處有些許燒過的痕跡，她疑惑地翻出窗外，走到剩餘的灰燼前察看，又撚了撚餘灰，覺得像是燒紙張的灰燼。

蘭亭亭蹙眉，連忙跑向屋外放渣斗的地方確認，果然裡面有著燒黑的紙渣，她撿起了其中一片沒有完全燒毀的紙張，能依稀看到上頭的兩、三個墨字，她馬上認出了。

果然，同她想的一樣。

烈日高懸，當程玉如頂著偌大的太陽出現在東側廂房時，蘭亭亭便感覺到事態越發嚴重了。

果不其然，程玉如簡短的告知眾人藏書閣丟了書的消息，所有人都有嫌疑，因此必須追查房中是否有可疑之物，說完，一群侍衛模樣的人快步走進她們的廂房，肆無忌憚地翻找起來。

眾人皆是大驚，有懂得一些大燕律例的女醫對程玉如大聲道：「我們將來也是太醫院的醫官，妳單憑口頭一句話，沒有搜查我們住所的權力！」

旁人也接連附和。

「程女官沒有權力，在下總有了吧？」

成雲開甩著一張搜查令，大步流星地走了進來，臉上一如往常地帶著笑容。

「藏書閣遺失的醫書，是先皇在世時贈與太醫院的稀世珍品，更是大國醫陸伏苓存世的唯一一本手寫原書，原本在藏書閣中收藏得好好的，如今卻不翼而飛，著實奇怪，皇上命下官務必找回此書，下官不得不徹查啊。」

此話一出，一片譁然。

陸伏苓的名號對學醫者而言可謂無人不知、無人不曉。自古以來幾位大國醫中，陸伏苓是與民間百姓最無距離的一位，不像歷史中的各大國醫一樣遙遠神秘，據說她出身嶺南醫谷，醫術卓絕，早在三十年前便聞名於世，於二十年前駕鶴西去。

一生漂泊的她四處行醫救人，許多人都曾與她有過一面之緣，因此是世人心中最為崇敬懷念的大國醫。

在一片寂靜中，蘭亭亭忽然開口，聲音不大，卻擲地有聲。「大人，關於藏書閣遺失的醫書，小女有事要向您稟報。」

眾人皆詫異地回頭看向蘭亭亭，連在她身旁知道內情的呂羅衣都驚掉了下巴，不知她這一齣究竟是為何。

蘭亭亭牽著她的手，暗中輕按了一下，示意她不要輕舉妄動。

成雲開顯然也有些搞不清楚狀況，狐疑地問道：「妳可知道我所說的是哪本醫書？」

她毫不猶豫地回道：「《回春志》。」

「妳如何知道？」成雲開眉頭微蹙。

蘭亭亭走到成雲開的面前，向他行了個禮。

「回大人，因為小女曾在院子裡見過此書。」

成雲開見她不再說下去，明白她是不想當著眾人的面詳述內情，於是使了個眼色給一旁的侍衛，並對她道：「既然姑娘見過此書，那不如與我回書房細說前因後果。」

蘭亭亭又來到先前問話的書房，坐在了那個不太平整的椅子上，只是這回有些不同的是，她的對面不只有一個成雲開，還有太醫院院長羅遠山，以及幾名侍衛。

這回離得近了，蘭亭亭看得很清楚，侍衛的扣腕上有著和成雲開一樣的標誌，應當都是翰林院的人。

「到底是什麼情況呀？」

這回率先開口的不是成雲開，而是坐在主座上的羅遠山。

這老頭瘦瘦小小的，頭髮花白，沒留鬍子，長長的眉尾垂下來，柔和了原本鋒利凶相的五官。

蘭亭亭還是有點緊張，心中敲著小鼓，面上故作鎮定，誠懇地先坦白。「望大人恕罪，小女先前曾見過《回春志》，但當時並不知道該書是太醫院的藏書，翻看之時過於魯莽，不小心劃傷了手，在書上留下了血污……」

成雲開道：「此事暫且不論，此刻藏書已然不翼而飛，無人能驗證妳所述真假，找不到藏書，自然不存在恕不恕罪一說，我現在只想知道，妳說妳曾在院中見過此書，可知是誰人所有？」

「小女確實是曾見過此書，至於是何人所有，小女尚未能確定，想稍作驗證再稟報大人，以防不慎誣陷無辜之人。」

羅遠山饒有興趣地看著眼前的小姑娘，無名指習慣性地輕點著桌面，道：「說說吧，妳想如何驗證呢？」

「小女有幾個問題，想向程女官核實。」

程玉如被叫到書房的時候，肉眼可見的不耐煩，她也不顧眾人目光，坦坦蕩蕩白了羅遠山一眼，後者視若無睹，只是無名指敲桌子的速度快了一些。

蘭亭亭自然不敢耽誤她的時間，連忙直接問重點。「程女官，請問這幾日算下來，我們五間屋子，哪間屋子中領的紙墨最多？」

程玉如沒想到她會問這個，回想了一下道：「妳們那間。」

「那您可還記得我們所領取的數量，與其他房間的相比，可多出多少？」

程玉如又回想了一陣，道：「約是四、五倍的樣子。」

「那請問成大人，您可知《回春志》手稿原書有多少頁？」

成雲開被突然點名，反應了一下道：「大概一百多頁。」

「一百五十七頁。」羅遠山補充道。

「程女官，我們屋子所領取的紙張，可夠謄寫一本《回春志》手稿？」

「兩本都夠了。」

蘭亭亭對著程玉如點頭致謝，表示所有問題皆已問完，而後轉向成雲開和羅遠山說道：「大人，你們都聽到了。」

她問得如此直接，在場每個人都聽出了她話外的意思，申領紙墨最多的那間屋子中，有人謄寫了一本《回春志》贗品，而那人就是偷盜《回春志》的嫌疑人。

羅遠山瞪圓了眼睛，看著蘭亭亭，覺得這個小姑娘有些特別。「不錯，的確有一本贗品出現在藏書閣中。」

蘭亭亭長呼一口氣，她從渣斗餘燼中殘存的紙張認出了《回春志》的內容，且從筆跡就可以確定是丁蘭香臨摹了《回春志》，目的應該是替換她手中的原本，因此呂羅衣還書時，書已經被調包。

直到這幾日藏書閣清點藏書時才發現這本贗品混在其中，這事才爆發。

如果她不先發制人，此案追查到最後，她和呂羅衣都脫不了關係，事情就更不好收拾了。

「那本贗品是丁蘭香仿製的，所以丁蘭香一定知道原書的下落。」蘭亭亭簡明扼要地開口。

「丁蘭香？」

羅遠山皺著眉頭認真想此人是誰。

見他許久未想起來，成雲開提醒他道：「是位嶺南醫谷來的姑娘，瘦瘦高高的。」

羅遠山一拍腦門，「哦」的一聲，總算想了起來，不過轉而眉頭又皺起，兀自喃喃地念叨著什麼，蘭亭亭聽不清。

「妳為什麼認為是她做的？」成雲開追問。

「小女有起夜的習慣，前陣子起夜時，幾次瞥見丁蘭香的床上沒有人，之前沒有多想，如今想來，定是她偷偷出去謄寫贗品。」

提到夜半偷溜出房間這事，蘭亭亭又是在賭，畢竟她曾經被成雲開抓了個現行。

但她賭成雲開不會揭穿，她倒不是自信成雲開能網開一面，而是他那天晚上的行徑也著實可疑，或許這事他也並不想讓旁人知道。

蘭亭亭不敢去看成雲開的神情，但她知道他此刻必然驚訝於她的陳述，她等了幾秒，成雲開未開口反駁，她便知道，她賭對了。

「這些都是妳單方面的陳述，並沒有實質證據。」羅遠山沈沈道：「若是因為妳這些一面之詞就給丁蘭香定罪，著實有失公允。」

「對了大人，前天屋外的涼亭上突然出現了一些墨漬，小女想，晚上大殿封閉，屋中黑暗，丁蘭香唯有在屋外涼亭處才能借到月光寫字，很有可能就是她不小心沾到的，您若是不信我的說辭，可以派人去問問其他醫女，定然不只我一人發現這墨漬。」說完，蘭亭亭頓了頓，又想到了什麼，急急補充道：「再者，我也可以跟丁蘭香當面對質！」

羅遠山有些渾濁的眼眸探究地看著蘭亭亭。「阿蘭姑娘，為何老夫總覺得妳對藏書閣丟書一事過於上心？」

蘭亭亭連忙跪倒在地，聲音微顫卻語氣誠懇道：「回大人，若是民女能有幸幫助大人解決藏書閣之事，希望大人能給我一個機會，留在太醫院為國效力！」

真是無懈可擊的舔狗語錄，沒有人能輕易拒絕，蘭亭亭內心為自己入木三分的演技豎了個大拇指。

在等待傳喚丁蘭香以及盤問其他醫女的間隙，蘭亭亭又理清了另一件事情，雖說有編的成分，但是足以形成一定的心理衝擊，她習慣性地留了後手。

很快的，丁蘭香被帶來了。

「丁蘭香，妳偷盜藏書閣的藏書，連夜謄寫製造贗品掉包的詭計已經被我們發現，說！妳將原書藏在了哪裡？」

成雲開定罪式的問話，將丁蘭香問得愣在原地，她連忙喊冤，表明自己不知情。

蘭亭亭於是將方才問到的紙墨情況又闡述了一遍，每句話結尾都技巧性的加了一句。「方才已經跟其他醫女核實。」

丁蘭香反駁道：「我多領了幾套宣紙有何奇怪？每個人都在寫，光是我們屋中，像那甘靈兒領的紙墨也不比我少。」

「但甘靈兒所寫的每張紙都還在屋裡，妳的卻少了大半，屋中只剩幾張。」

「因為我……」

丁蘭香剛要插話，蘭亭亭打斷她道：「我知道妳要說什麼，妳將部分紙燒掉了對不對？這就更奇怪了，如果所寫的東西沒有問題，為什麼要燒掉？」

「我、我是為了祭奠秦苒。」丁蘭香的語氣弱了下去。

蘭亭亭見她默認燒了那些紙張，於是從懷中掏出了渣斗裡翻出來的紙片。「這上面的字跡，妳敢說不是妳的？看這內容，分明就是在謄寫陸醫師的《回春志》手稿！」

羅遠山聽罷，起身接過那紙片，正如蘭亭亭所說，不難看出丁蘭香模仿的筆跡。

見丁蘭香對她的質問啞口無言，蘭亭亭又道：「再者，妳說妳燒紙是為了祭奠秦苒，不過據我所知，妳除了與我一同與她相識那次，之後再未見過她，妳是何時與她這麼熟悉了？還是說，秦苒的死與妳有關，妳愧疚難忍，所以才有心祭拜？」

「妳少胡說八道！信口開河！」丁蘭香指著蘭亭亭怒罵道。

「我是有證據的。」

蘭亭亭不慌不忙地轉身面對成雲開。

「成大人，想必秦苒死後，您一定仔細檢查過後院水塘附近，那麼不難發現那裡或許有留著一些斷線吧？我昨日在屋中清掃房間，發現丁蘭香的床腳下有一捆用過的魚線，問她是不是她的東西時，她一直閃躲不承認，叫我將那魚線扔了就是，我便隨手扔在屋外後面，成大人可派人去察看，我所述是否屬實。」

這話的結論自然是屬實的，是她親手將那魚線扔了出去，但涉及到丁蘭香的前因，都是她信口胡謅的。

丁蘭香聽到她那消失的半捲魚線竟是被蘭亭亭拿走了，便無話可說了，蘭亭亭所言非虛，雖然有一部分是胡說八道，但從她話中可知，她定是猜到了自己在水塘設下的陷阱。

不錯，丁蘭香的確設下了一個陷阱，但她的目的從來都是《回春志》，《回春志》出自嶺南醫谷，因故流落在外，早該物歸原主，這也是她來到太醫院的動機！

正好就是呂羅衣去借書的那一日，她也同時去了藏書閣。

當時她在外頭，往紙窗上戳了一個洞察看內部情形，想等四下無人時再潛入其中，卻恰巧看到呂羅衣在裡頭找書，拿走了《回春志》。而後沒多久，蘭亭亭就將《回春志》帶回了廂房。

真是得來全不費工夫，於是她趁她不注意盜走了書，連夜仿製了一本贗品放回原處。她知道，贗品只能瞞得過一時，不可能瞞得過一輩子，因此便設計了陷阱，有意趁著贗品在他人手上毀了這本書，這樣太醫院的人只會認為《回春志》原書已毀，不會知道其實這本書早已被盜走。

於是，她在蘭亭亭還書之前就在後院用魚線設下陷阱，水塘旁的小路是前往藏書閣的必經要道，她心想蘭亭亭還書時應該會很匆忙、怕被人發現，走小路時一不注意就會被魚線絆倒，這樣那本粗糙的贗品就會掉到水裡徹底毀了。

然而她沒想到的是，還書的人是呂羅衣。呂羅衣習慣經由東廂房後頭的暗門前往藏書閣，因此她所設下的陷阱不僅沒有用上，反而很可能害死了無辜的秦苒。

「秦苒的死與我無關，那只是個意外！」丁蘭香有些慌亂地道：「大人，我要向您檢舉阿蘭，她之前所述皆是添油加醋避重就輕，從藏書閣偷書的人明明是她，我曾在她的床畔見到此書！」

蘭亭亭也連忙跪下，收緊嗓音，帶著哭腔道：「大人，阿蘭的確隱瞞了一些事情，我是偷了書，但我是在廂房中在丁蘭香的床邊見到此書的，我見此書珍貴，才偷偷拿去看，她曾威脅我，如果我將此事和盤托出，她便要將我拉下水，誣陷我是她的同謀！大人，冤枉啊！」

二人相互指責、大聲喊冤的聲音吵得成雲開頭疼得厲害，他揉著太陽穴，對她們二人擺了擺手，示意她們噤口。

「都別吵了！此事仍須進一步核實，本官會同羅院長調查過後再做決斷，在此之前，妳們都不能離開這裡，等會兒會有侍衛帶妳們各自回房待著。」

蘭亭亭連聲道謝，便不再說話，她方才提及秦苒被丁蘭香所害僅是假設，為了不讓自己和呂羅衣惹上麻煩，她只能這樣轉移上面的注意力，加深丁蘭香的可疑之處。

何況既然丁蘭香確實偷了《回春志》，還妄想製造一個毀書的罪名嫁禍給她，那她自然也不能坐以待斃。

結果，當天晚上，成雲開就帶人來到了蘭亭亭暫時獨居的廂房。

她揉了揉惺忪的睡眼，聽他清亮的聲音有些疲憊地說道：「《回春志》原書已經找到了，妳可以收拾一下回去了。」

「真的？那……丁蘭香呢？」

「不必多問，太后自會親自發落她。」

「太后？」她一驚，忍不住好奇地問：「太后會如何發落她？」

成雲開挑眉看著她，好像在看傻子。

「妳敢揣度聖意？」

她立刻示弱，打哈哈道：「不敢、不敢。」

與丁蘭香的較量中，蘭亭亭似乎是贏了，但不知為何，她卻感覺到有些兔死狐悲的悵然。

屋外月色柔和，明日就是中秋了，事情也算是告一段落，圓月罩上了一層薄雲，月光隨著微風吹動浮雲而明暗交錯，散落在成雲開的背影上。

蘭亭亭安靜的跟在他的身後，心中有諸多疑問，卻難以開口。

走了許久，成雲開忽然停住了腳步，回過身來，月亮在他的頭頂上方。

映著月色，蘭亭亭抬頭看著他。他的眸光很亮，神色隱在濃密的睫毛下，看不真切。

「妳可知道我們怎麼找到的《回春志》？」

「不知道。」她連原書是否還完好都不知道。

「她自己交代的。丁蘭香承認自己拿走了書，因為那原本是嶺南醫谷的藏書，十多年前被人偷走，輾轉被送進宮中，她此番報考太醫院，目的之一便是為了找回此書。」

蘭亭亭驚訝地張開了嘴巴，半晌未說什麼。她著實沒想到還有這樣的緣故，原本故事中就有提到丁蘭香用了竊書的手段害人，她對此頗有印象，所以此次與她對峙才能如此順利，可是她只當這是丁蘭香擅長的手段，卻未想到，其背後竟有如此原因。

所以她並不是善妒，並不是看不得別人優秀，她所做的一切只是為了取回自家的東西。

蘭亭亭忽然覺得自己做得有些過分了，丁蘭香是有不為人知的苦衷才出此下策，無意牽連他人，要不然也不會如此快就坦承實情，交還原書了。

蘭亭亭內心唏噓不已，這樣看來，秦苒之死可能是意外，也或許是被人利用了，她自己恐怕事前也沒有預料到這樣一個小陷阱會害死人。如果真的有人在背後看著這一切事情發展，那利用這巧合的人才最為可怕。

成雲開似是看出了她的心思，問道：「妳當真認為秦苒的死是丁蘭香一手設計的？」

蘭亭亭自然不這麼認為，一條魚線可以絆倒人，讓人跌入水塘沒錯，但並不足以讓人在水中沈默地死去。

她白天時敢這樣指控丁蘭香，也是因為相信太醫院不會毫無證據冤枉好人，但她現在卻有些害怕，她並不想讓丁蘭香含冤而死。

「大人是否證實了此事？」

成雲開見她難得有如此緊張的神情，覺得頗為有趣，不想這麼快告訴她答案，便反問道：「妳白天還言之鑿鑿指控她跟秦苒之死有關，怎麼如今看上去，像是並不希望我如此認定？」

「我才沒有說她一定是凶手，我只是把自己知道的事說出來而已，若她真做了錯事，便該承擔相應的責任，但是我相信大人必會秉公斷案，不會輕易因為我的一面之詞而故入人罪。」

成雲開挑眉，微微點了點頭，奇怪地道：「這麼說當然沒錯，不過阿蘭姑娘偷借藏書的事情，是不是也應當承擔一些責任？恕成某眼拙，未看出阿蘭姑娘和孟大人還有此等交情。」

蘭亭亭冷汗都差點流下來，他言下之意就是知道《回春志》不在藏書閣的前因了，這孟樂無也真是的，為了保護呂羅衣，真是迫不及待把她推出去，也不知他究竟是怎麼說的。

為了不牽連呂羅衣，她只得認命道：「看來孟大人可真是實誠，什麼都交代了。」「還真看不出來，阿蘭姑娘是這樣能言善道、左右逢源之人。」成雲開將重音放在「左右逢源」四個字上，頗有冷嘲熱諷之意。

蘭亭亭呵呵一笑道：「大人真是抬舉小女了，怕是還嫌小女不夠倒楣吧。」

成雲開輕笑一聲，忽然一拍掌，想起一件重要的事。

「哦對了！差點忘了說，這回書是順利找回來了，主犯也已削除應考資格，拘往宮中領罪，但事情還沒完，羅院長下令，此案相關的偷書之人還得受罰，明日一天不能休息，要整理院子、給後廚打下手，以示懲戒。」

蘭亭亭方才見他那副樣子便知他所說定無好事，只得快快地認了。

「沒記錯的話，明日可是八月十五，真是個好日子！院長已經吩咐明日眾人可以在院內賞花燈、猜燈謎、放孔明燈。」一成雲開邊說邊擺出一副賞月的模樣，又忽然蹙眉，痛心疾首似的道：「就是可惜了有人得在後廚幹活，得忙著做月餅，沒空參與這悠閒時光了。」

蘭亭亭忍不住在他身後翻了個白眼，沒有什麼比頂著這樣一張正人君子的臉說出如此欠揍的話更令人討厭了。

有朝一日她若是能抱上男、女主大腿，跟著他們雞犬升天，一定要狠狠完虐一下眼前這位羽翼未豐的大反派！

第三章

羅遠山是一個除了認真研習醫術，也分外注重陶冶性情的人。他此次從宮中回到太醫院，除了為了處理藏書閣丟書之事外，主要也是為了參與中秋活動。

中秋這日，大殿被打掃得分外整潔，掛上了玉兔搗藥的花燈，屋外也布置得頗有節日氣氛，女醫們都打扮得分外明麗，在大殿後的長廊聊聊家鄉事、猜猜燈謎，好不熱鬧。

因前一日搜查東廂房的事情鬧得有些不快，羅遠山將翰林院的人安排在後院過節，以免與女醫們發生衝突。

此時丁蘭香已不在了，她不在的原因，成雲開自然沒有公開，只是對外宣稱她家中有事，不再參與後續的考試。但大家都不是傻子，自然猜出與藏書閣之事多少有些關係，再一聯想到那日蘭亭亭當眾指證的言行，便下意識地與她疏遠了些。

只有呂羅衣毫不在意，她得知中秋這一日蘭亭亭得待在後院打掃院子的事情，趁著午休時，自己編織了花燈、剪了些窗花，送到了蘭亭亭住的東側廂房。

屋中，只有沒心沒肺的甘靈兒睡得正酣，蘭亭亭正在清理院子裡的落葉，見呂羅衣來了，放下了手中一人多高的笤帚，揉了揉腰道：「餓死我了，妳那邊有吃的嗎？」

「喏。」

呂羅衣變戲法似的從懷中掏出了一個月餅。

「忙了一上午還沒掃完嗎？」

「還好，前院差不多了，有些地方不讓我去，正好可以不用管。」蘭亭亭坐在一旁的石頭上，啃了兩口月餅。「下午還要去清掃後院，然後再去廚房幫忙，對了，孟大人怎麼樣？」

呂羅衣嘆氣道：「被罰了三個月的糧餉。」

蘭亭亭倒抽一口氣。「如此看來，對我的懲罰可是太輕了。」

呂羅衣被她逗笑，無奈道：「他畢竟是太醫院的人，負責的藏書出了事，他也有難逃的責任，只是苦了妳，得一個人擔這偷書的責任。」

「沒事，本來就是我想看的書，妳只是好心幫我罷了，他沒有供出妳也是為了妳能順利考入太醫院，只要妳考試順利，他這三個月糧餉可不算虧，我也是沾了妳的光，這事才能大事化小。」蘭亭亭笑道。

「別這麼說，這事我也有責任，不該提出這個餿主意，也不至於惹禍上身。」

呂羅衣有些不好意思地握著她的手。

「還有一事想與妳說，孟大人從頭到尾只認了自己保管不慎的罪名，後面不知道從哪裡傳出來說他坦承一開始未經允許借走書的人是妳，這一點不是他說的，希望妳不要錯怪他。」

蘭亭亭忽然哽住，好大一口狗糧，真好吃。

聽呂羅衣這意思，她不用想便知定是成雲開那廝搞的鬼，真想不通，自己到底哪裡惹到他了，要在這兒給她下絆子。

這傳言傳得彷彿她跟孟欒無有什麼說不清的關係一樣，若是因此搞黃了男、女主的好事，她可賠罪不起。

想到此，蘭亭亭連忙道：「沒事沒事，我與孟大人幾乎算是未曾謀面，這傳言我定會想辦法澄清，不會誤了他的清白！」

呂羅衣被她這番話驚掉了下巴，還沒來得及反應，便聽蘭亭亭又道：「我今天估計一天都沒法脫身，妳能幫我去看看可有家人給我寄信嗎？」

蘭亭亭前兩日就打聽過這事，當時程女官說為了讓她們專心考試，家書會在中秋那日統一發放。

她記得書中對阿蘭的背景幾乎從未提及，阿蘭的行李中也只有一個簡略的路引，寫著她來自泉州，其他的資訊她只得寄望於她的家書。

呂羅衣半張著的雙唇用力地抿上，點頭道：「沒問題！」

蘭亭亭忙活了一下午，終於把後院書房前的落葉掃了個乾淨，趁著空檔，她揉著腰，姿勢並不太雅觀地坐在旁邊的石椅上休息。幸而此刻大家都去前院長廊玩了，不至於被人看到。

書房前就是水塘，斜陽映著水塘泛起的漣漪，靜謐的午後暖洋洋的，讓她陷入了沈思。

來到這個世界短短五日時間，已經有兩個人從她的身邊離開，其中還有一個人是徹底的死亡。

丁蘭香的事情，她大概想清楚了，丁蘭香的確設了陷阱，但一定有人知道她的計劃，並且利用了這個陷阱來謀害秦苒，不然不可能有這麼巧的事，畢竟秦苒身分特殊，一旦死了，對之後的某些事影響巨大。

這人定然是在陷阱上動了什麼手腳，哪怕之後被人查到也無所謂，畢竟有丁蘭香可以揹這黑鍋。

真是個聰明人！蘭亭亭不禁感慨。

喵嗚～～

正想得專注，耳畔忽然響起一聲貓叫，蘭亭亭猛然站了起來，回身看去，一隻圓潤的橘貓出現在她的眼前。

「啊！好可愛！」

蘭亭亭許久沒有見到這麼親切的動物了，頓時心都化了，忍不住伸手去揉那橘貓毛茸茸的小腦袋。

那貓優雅地舔了舔爪子，一抬手拍走了蘭亭亭揉毛的手，不悅地叫了一聲，隨後扭動著肥碩的屁股，高傲的抬著頭，踩著貓步從她面前旁若無人地走了過去。

「真是隻臭脾氣的大臉貓！」

夕陽落到樹間，繞過茂密的枝葉，射向蘭亭亭的眼中，她用手擋住刺眼的陽光，起身拎著笤帚往後廚走去，接下來要幫忙做月餅去，待解決月餅這個大難題後，就只剩下水塘旁的涼亭需要打掃乾淨了。

與此同時，呂羅衣在前院已拿到蘭亭亭的家書，匆匆忙忙地往後院送信去，哪知因為走的是被封鎖的通道，她一把被看守的侍衛攔下來。

那侍衛如何也說不通，板著個臉不讓通行，她只好把信交給侍衛，請他代為傳遞，侍衛收了那封信，向她保證會送到阿蘭的手中。

但是呂羅衣回到住處才忽然想到一個問題，後院人這麼多，那侍衛知道阿蘭是哪位嗎？

那侍衛顯然也在不久後意識到了這個尷尬的問題，索性便將書信上繳，結果便來到了他的頂頭上司成雲開的手中。

成雲開皺眉看著手中的信，自嘲地想著自己何時成了送信的信差？但見是阿蘭的名字，卻也沒有多言地打發了那侍衛離開，隨後他換了身常服，沿著門口的小路在後院中漫無目的地遊走。

此時後院自然比不上前院熱鬧，但小路兩旁也應景地擺上了許多紅通通的燈籠，天已黑了大半，月亮還未爬上來，正是一天中最黑的時刻。

路過後廚時，他從屋外見到了正在忙碌的阿蘭，看著對後廚這些東西並不太熟練的樣子，似是挨了主廚的罵，正在一旁研究如何使用月餅模子。

成雲開看了一陣，眉頭蹙著，卻也時常被她的行徑逗笑，偶爾路過幾個廚娘，他便背起手來，佯裝在賞月。

蘭亭亭不是個服輸的性格，雖然挨了主廚的罵，但她罵得有道理，她便聽，研究了半個時辰，才終於做成功一個傳統月餅，這第一個做好了，後面自然也就容易了許多。

待到月上柳梢頭，她才終於忙完解下了圍裙，帶著滿臉的麵粉，蘭亭亭出了屋子準備到外面沖洗乾淨，卻見屋外的石椅上放著一封信。

她走近一看，正是阿蘭的家書。

她高興地連忙坐下拆信，彷彿這信真是自己的家人寄來的一樣。信很簡短，表達了對阿蘭的思念，告訴她家中安好，希望她能在京城有所成就，如若沒有也無妨，隨時可以回老家一起生活。

阿蘭的父母應是讀書不多，信中皆是淺顯易懂的詞句，沒有什麼文采，卻撥動了蘭亭亭心中的那根弦，她還未看完，眼淚便啪嗒啪嗒地落在了紙上。

她不記得有多久未曾收到過家人的祝福和思念了。自從那年父親在她面前病故之後，她自責未能救他分毫，而母親傷心過度，漸漸與她疏遠，等於將她遺棄在爺爺、奶奶家中。

長大後，蘭亭亭主動搬了出去，遠離家鄉去城市上班，日子過得再難、再苦，她都沒有同家人說過。而他們彷彿也堅信著，她在外面一帆風順，能獨自處理好一切，平時也沒多聯絡。

蘭亭亭負著手背抹了抹眼淚，她一面自憐，一面又有些心疼阿蘭的父母，他們的女兒可能也不在這個世界上了，他們卻毫不知情。

她將信收好，摸了把臉，因為流淚的關係，臉上的麵粉都糊了，此刻定然是一副滑稽的模樣，但她並不在乎，隨意去洗了把臉後，便拿著弄濕的抹布，拎著水桶去了涼亭。

在走去涼亭的路上，蘭亭亭抬頭望著天上的月亮，好美的一輪明月，不知道這個世界的月亮和她來的世界是否是同一個？

走到水塘旁邊，只見到涼亭中的石椅上坐著一個人，他的面前盤臥著一隻貓。那人靠著桌子輕輕地捋著貓咪的後背，半低著頭，月色點亮了他半側的臉龐，明暗相間，像一幅精緻的潑墨畫。

成雲開聽見一旁有些動靜，側頭看向了拎著水桶，邊走邊灑的蘭亭亭。不知是不是月色冷清的緣故，她見成雲開的臉色比平日更白，甚至有些慘白。

「妳還沒回去？」

成雲開先開了口，聲音有些不易發覺的低顫，嗓音也比平日更低了些。

「清掃完這裡，就可以回去覆命了。」

蘭亭亭應付地答著，目光落在桌上肥碩的橘貓身上，牠正歪著身子倒在成雲開的胸前，舒服地發出「呼嚕呼嚕」的響聲。

真是沒見識的大臉貓，居然輕易就被這敗絮其中的壞人勾引！

那大臉貓似是聽見了她的心聲一般，翻了個身趴在桌上，抬頭看著她，突然小貓爪朝她抓了一下，要不是她身手矯健，可是正中靶心。

蘭亭亭退了半步，朝那橘貓做了個鬼臉。

難得的成雲開沒有對此發表兩句嘲諷，蘭亭亭覺得有些奇怪，卻見他一隻手搭在桌上，另一隻手撐著額角揉按，太陽穴被他按出了殷紅的手印。

蘭亭亭覺得不太對勁，輕聲問道：「大人，您沒事吧？」

成雲開似是沒有聽到，只是兀自低著頭，直至那橘貓叫了幾聲，他才猛然驚醒，雙眸有些失神地抬頭掃了下四周，見蘭亭亭還杵在一旁，蹙眉道：「妳怎麼還沒走？」

蘭亭亭本欲反駁是他占了位置影響她打掃，但見成雲開這蒼白的唇色和額角的虛汗，便知他此刻身體許是出了些狀況，左右沒有跟病人過不去的道理，她立即上前關心。

「大人是不舒服嗎？可有隨身的藥，需要我去取來嗎？」

正全力對抗著頭痛的成雲開，耳鳴得很，聽不太清蘭亭亭在說什麼，只聽到一個「藥」字，他才遲鈍地意識到自己有備藥，於是收回撐著桌子的手，伸手入懷想取出藥來，卻不想頭暈得厲害，身子一歪，險些磕在石桌上。

蘭亭亭連忙扶了上去，只聽他又悶咳了兩聲，像是病情越發嚴重，這熟悉的畫面讓她想起了父親臨走前的景象，下意識地心跳得更快了些。

見成雲開在胸口摸索半天也沒翻出藥來，她索性直接伸手探進他的胸前，很快翻出了一個精巧的藥袋，從中抖出幾粒紅褐色的藥丸，問道：「幾顆？」

成雲開迷迷糊糊地睜開眼睛，見到了熟悉的藥袋，一伸手將蘭亭亭手中的三粒藥丸全數扔進口中，生生嚥了下去。

藥效很快發揮了作用，蘭亭亭原本支撐著他半個身子的重量，隨著他握緊的右拳漸漸鬆開，橘貓又倒在了他的小臂上撒嬌。

成雲開一直痛苦緊閉的雙眼緩緩睜開，緩了一會兒後，他有些虛弱地扯了扯嘴角，揉了揉橘貓的腦袋。

蘭亭亭見他似好了些，便鬆開了扶著他的雙手。他的臉上逐漸有了血色，卻始終未開口說話，直到蘭亭亭見到他蒼白的臉頰浮起了兩團不易察覺的紅暈，才明白成大人這是害羞了。

蘭亭亭憋著笑，也不出聲，就不信自己耗不過他，這下她也算是救他一命，也讓他避免了暈倒在院子裡的尷尬，該道謝的人可不是她！

「咳咳。」成雲開清了下嗓子，撐著石桌站起來，身形還有些搖晃。「此事不許跟其他人提及，否則……」

威脅的話語還未說完，成雲開腳下一個踉蹌險些摔倒，蘭亭亭本能地又上前扶了一把。

「小女只是因一些舊事，對病人的情況比較敏感，自然不會在外面亂說，大人不必介懷。」蘭亭亭面上這樣說著，心中卻竊喜，原來他這病症還無人知曉，可算是抓住了他一根小辮子了。

成雲開鬆開她的手獨自站好，背對著她道：「如此甚好。早些回去吧。」又清了下嗓子，頓了頓道：「中秋……快樂。」

能讓成大人道聲謝的確困難，所以收穫了這句中秋快樂，蘭亭亭覺得自己還是很滿意的。

目送著成雲開腳步虛浮的背影，橘貓慵懶的在石桌上翻滾，全然換了一副姿態，蘭亭亭摸了下牠的尾巴，便懶得理牠了。

她拎起水桶，開始了最後的大掃除。

不到一刻鐘的工夫，蘭亭亭就將涼亭收拾得乾乾淨淨，卻忽然發現那橘貓不見了蹤跡，連忙在附近拍手學貓叫召喚牠。

薄薄的捲雲輕柔的罩在圓月之上，月色變得昏暗不明，蘭亭亭扒拉著淺草，繞過涼亭來到水塘旁找貓，忽然感覺自己踩到了什麼軟乎乎的東西，怕是那隻貓便連忙退後半步。

雲被風吹開，月光再次灑向大地，蘭亭亭終於看清草叢裡的東西，隨即感到一陣毛骨悚然。

只見一堆烏黑的死老鼠上面，肥碩的橘貓正滿臉享受地叼著一根細長遍布絨毛的尾巴，爪子下，是牠剛剛辛苦勞動、開膛破肚的晚餐。

而她更眼尖地注意到，那隻死老鼠的腹中還露出了一些暗色的線狀物……

待那橘貓大快朵頤過後，蘭亭亭忍著噁心走近察看，那是一種像髮絲一樣纖細的東西，纏繞成一團，看不出是什麼做的，卻能看出不是丁蘭香所用的魚線。

她忽然有了一個大膽的猜測。

丁蘭香所設的陷阱不足以令秦苒落入水中，若是當真有人想要殺她，那陷阱應該也有改造過，現場可能還會留下什麼痕跡。

蘭亭亭順著池塘邊走了一圈，果然發現了幾處奇怪的地方。有些地方的土被人翻過了，掩蓋了痕跡，如此不著痕跡的殺一個人，不像是新手所為。看著眼前的橘貓，她忽然有些後怕，牠又肥又圓的模樣，不太像是流浪貓，倒像是有人帶來的。

方才見這貓與成雲開如此親近，難道這貓就是他引來消滅物證的？

這一夜成雲開睡得非常不好。

一整晚，血腥、欺騙、痛苦的夢境環繞在成雲開的腦海中，他掙扎著，卻無論如何也無法醒來，或許是因為這些夢境都是曾經真實發生過的，沈睡在他記憶中的秘密。

那是他上一世的記憶。

成雲開前世不算個好人，但算得上是個稱職的謀士、從一而終的忠臣。可惜他沒能完成七王爺交付的最後一個任務，終是功敗垂成，然後，便被自己忠心侍奉的主人當成了水中的浮木，踩著他，上了岸。

他替七王爺揹負了謀反罵名，最終死在了最信任的死士沈泉手中。

臨死前他才恍然大悟，自己從來不過是七王爺身邊一條可有可無的狗，自己死了，還有許多人會為了這個位置爭破了頭。

當利刃穿過胸膛，他卻不覺得痛，只是冷，徹骨的寒冷不是兵刃帶來的，而是從他心頭迸發，在體內瀰漫開來，他疲憊地合上了雙眸，看不到萬物，也聽不見萬物。

他知道自己快要死去，便安靜的等待著意識的渙散。

在漫長而無盡的黑暗裡，他忽然聽到了一個熟悉的聲音在溫柔地喊著他的乳名。

他猛然驚醒，重生在十六歲那年的春天——

而這一年正是他人生改變的關鍵期，他記得很清楚，這一年的夏天，他的江南老家榆安發生罕見的洪災，他的父母親朋在這場災難中相繼離世，曾經幸福美滿的生活在他的眼前一點點破碎，他卻除了哭喊之外無能為力。

在他被老闆從店裡趕出來，蜷縮在陰暗的街角時，他遇到了人生中的貴人。七王爺帶著悲憫慈愛的目光，居高臨下的向他伸出了援助之手，成雲開失焦的目光逐漸聚攏，他看著眼前這個男人，以為是神佛降世來拯救世人。

從那以後，他便忠心的追隨著七王爺。

直到臨死前，他才從沈泉的口中得知，原來當年的洪災之所以釀禍如此嚴重，也是七王爺的計劃之一。

所以，重回十六歲，在一切苦難都還沒有發生時，他決定自救，一個人東奔西走，四處研究家鄉的水路，回想七王爺曾去過的地方，追隨七王爺十餘年，成雲開太瞭解他處事的手段。

三個月後，在本該被洪水淹沒的那天，他的家鄉卻什麼也沒有發生，街口的屠夫一如往常揮舞著殺豬刀招呼生意，路上兩個不小心撞到的大娘在大聲爭吵。

成雲開站在熱鬧的街市上開懷大笑，笑得涕泗橫流，突然一陣急痛雷擊一般擊穿了他的腦袋，他以為自己的太陽穴被什麼洞穿，連一聲痛呼都來不及發出，只嘔了口鮮血，腳下一軟，昏厥了過去。

他的頭痛症從此伴隨著他。

五年來，他一直試圖找到消除這病症的方法，卻都未能成功。但他也逐漸習慣，甚至有時能提前感應到頭痛的到來，正如前一晚在涼亭的發作，他其實有所預料，卻未想到如此嚴重。

或許是自己的報應吧！因為他在秦苒尚不該死的時候，殺了她。

成雲開的額角又隱隱痛了起來，他撐著床沿起身，坐到椅子上倒了杯水。

屋外的小廝聽到他有了動靜，連忙進屋稟報。「大人，羅大人請您今日一同去女醫們的試場旁觀問診考試。」

成雲開放下了茶杯，點了點頭，卻見那小廝沒有離開的意思，躊躇著似乎有話要講，便問道：「還有何事？」

「大人先前就說皇上可能會來，今兒個羅院長也提了這事，大人真是料事如神！」

成雲開的嘴角微微抿起，加深了揚起的弧度，他不置可否，吩咐小廝退下。

豈是他料事如神？先前的推論其實是他故意放的假消息罷了，為的是引誘秦苒去到藏書閣赴她的死局。

秦苒是個優秀的密探，雖然身為燕國人，但是通過了陳國皇室的層層考驗獲得信任，這才成為潛伏燕國的間諜，同時也是七王爺與陳國太子勾結交換訊息的關鍵人物。

這一世他決定與七王爺為敵，七王爺要謀反，他就不能讓他達成目的，於是他刻意散播假消息，同時增加守衛，暗示秦苒小皇帝近日會親臨太醫院的藏書閣。

近日朝堂上劍拔弩張，大臣們對燕、陳兩國是戰、是和的態度紛爭不斷，正需要皇上做出裁決的時候，他卻突然要前往太醫院一趟，因此不乏有人猜測太醫院或許藏著能指引小皇帝做出決策的物件或高人。

秦苒也不得不在回宮前去一趟藏書閣一探究竟。

而不巧的是，這一晚天降大雨，水塘的水位也隨之上漲，淹沒了成雲開布置的天羅地網，她沒有發現附近有任何異樣。

丁蘭香那條肉眼可見的魚線不過是錦上添花，成雲開設下的是更隱密的陷阱和「幫手」，在那樣一個被雨聲圍繞的夜裡，秦苒喪失了應有的判斷，誤將滿地朝著她吱呀跑來的老鼠當作有人發現她行蹤的警示，腳一絆摔倒在地，驚慌之餘順勢選擇了從水中遁形，最後被勾住腳的特殊線纏住導致溺斃。

成雲開沒有多想就決定結果了秦苒，利用一隻貓鼓動老鼠大軍完成了這件事，一切就如一開始所預期的順利，只除了昨晚頭痛症發作的時機。

昨晚他前往清理水塘旁的死老鼠時，頭痛症卻驟然發作。

這是他的弱點，足以致命的弱點，他已經許久未痛到失態了，過去再痛他也未曾求助於人，可這回偏偏被看到了，還是這個，他懷疑是假冒阿蘭之名來太醫院考試的女人。

上一世，阿蘭是他的貼身護衛，他第一次與她相識是在宮外，這個女孩眼神堅定地請求他將她帶走，她將用餘生來效忠自己。

成雲開雖生性多疑，卻不在乎身邊多幾個跑腿的。他從不交給阿蘭重要的事情，只讓她打理他的生活起居，這個女孩少言寡語，他看不透她在想什麼，更想不到，她最終用生命履行了她當年的諾言。

而今世的這個阿蘭，卻活潑好動，雙眸明媚，有著同一張臉，性格卻大相徑庭。一開始成雲開在太醫院門口見到她時還頗為驚訝，懷疑是自己還沒有去她的家鄉將她收為自己的死士，才改變了兩人之間原定的交集，讓她換了一種生活，成為女醫。所以，最初他在藏書閣旁意外發現阿蘭的行蹤時，原本是想提醒她不要蹚這趟渾水的。

可後來在與她的接觸中，他已發現這個阿蘭並非是他所認識的那個人，尤其是在親眼見到她與丁蘭香對質時能言善辯的模樣，他終於確信阿蘭被人掉了包，如今的她是個謎，也不知是敵是友。

與此同時，人還在廂房的蘭亭亭打了個噴嚏，連忙裹緊了外衫，準備到側殿去參加問診的考試了。

她昨夜睡得並不好，過去常出現的惡夢倒是沒有再來折磨她，她只有夢到滿地的老鼠一擁而上，嚇得她撒腿就跑，衝入了汪洋的大海中，周遭變得格外安靜，然後人就驚醒了。

醒來後，她總覺得是秦苒在給她託夢，因為跳入海中之前，她回身看到了一張陌生而又熟悉的臉，成雲開還是那副似笑未笑的模樣。

程女官開始一個一個喊應試者的名字，蘭亭亭收回了思路，深呼吸了一下，走了過去。

待問診的病人共有七名，皆是從京城的大街小巷挑選來的百姓，這當中有人身患重疾，也有人身體康健，蘭亭亭一邊伸手抽籤，一邊許願自己能抽到病症單純的病人。

程女官接過她的籤子，輕輕一掃，頗為驚訝的抬頭看了她一眼，揚眉道：「最裡面的房間。」

蘭亭亭忽然升起一種不祥的預感。

問診講究的是望聞問切。

蘭亭亭看著眼前垂至地面的長簾有些頭痛，怎麼剛進來就卡在了第一步，沒辦法

「望」？好，不要緊，她默默安慰自己放平心態，第一步不成，就先走第二步。

「方便告知一下，您近來身體有何異常嗎？」

簾子那頭的人影半天沒有動靜，蘭亭亭一度懷疑那是個假人，在她準備再次開口時，對方低沈的聲音道：「半夜叫水得厲害，口中總覺乾澀，偶爾會目眩。」

蘭亭亭煞有介事地點了點頭，心中卻沒在想這病症，而是在辨認此人說話的聲音。他說話的時候似乎為了不讓她聽出來，刻意改變了聲線，但他的語氣和氣息卻還是讓人覺得熟悉。

「您近日可曾去過什麼地方？」

蘭亭亭想多聽他說些話，好從中得到一些線索，若此人真是她認識的人，那這問診可就好辦多了。

那人頓了頓，才回道：「沒什麼特別的，不過是些平日常去的地方。」

蘭亭亭又追問道：「可否告知您是做什麼行當的？」

「這與我的病症有什麼關係？」

這次他回答得很快，語氣輕揚，似乎沒來得及調整聲線，能聽出他的年紀應當不小。

蘭亭亭一本正經解釋道：「這各行各業接觸的環境不同，勞動的方式亦不同，身為大夫，自然會格外注意這些不同的習慣有沒有對您身體造成不同位置的傷害。」這便是職業病。

若說穿越到這本書中有什麼能令蘭亭亭感到開心的，那便是她終於擺脫了跟隨她許多年的超厚眼鏡，以及當時越發明顯的腰疼。

到了阿蘭這副十七歲的身體裡，她才又一次深切的感受到，年輕是多麼的可貴。

那人沈默半晌後，輕描淡寫道：「給人跑腿的，偶爾替人寫些東西。」

「嗯。」蘭亭亭故作沈思道：「既當驛使又當捉刀，文武雙全呀！」

那人隔著簾子似是自嘲地笑了聲，這一笑，蘭亭亭終於聽出這聲音的主子是誰了！

她隨即又道：「那煩請您將右手伸出來一下，我來為您診脈。」

病人輕輕掀了簾子，露出了一隻手來，只見他的手背有些老年斑，皮膚褶皺明顯，手心朝上，無名指時而不自覺的晃動兩下。

蘭亭亭坐在一旁，開始診脈，半晌後，收了手，她放慢了語速道：「您的脈象如按琴弦，端直以長，是為弦脈，但弦而無力，這是肝病久病之相，應當少飲酒，忌辛辣，吃些清淡解毒的食物。」

縱使蘭亭亭天賦異稟，也不可能在幾天之內速成醫術，她能診出明確的脈象，不過是因為她已確認這位病人的身分，而且書中，羅遠山最後便是因肝病惡化辭官隱退的。

蘭亭亭暗自慶幸，自己前幾日許的願實現了一半，雖然她問診的病人不是呂羅衣，但也是書中寫過的人，她總能倒推出些病史。

羅遠山似是還不夠滿意，問道：「那可否請大夫為我開個方子。」

蘭亭亭爽快地應了，抬筆便開始默寫之前背的藥方，寫到一半時，有些猶豫，但也憑著印象寫完了，直到寫到最後一劑藥，蘭亭亭停了手，有些犯難的叼起了筆。

到底是茵陳，還是茵芋？

這不過是個考試，羅遠山又不會真的讓她去抓藥，真的喝下去。蘭亭亭咬了咬牙，二選了其一，寫完了藥方。

她正欲回身將藥方遞過去，卻見羅遠山掀開了簾子，走了出來，直接表明身分，走到蘭亭亭的身邊，拿起了這藥方。

蘭亭亭連忙起身行禮道：「不知是羅大人，小女失禮了。」

羅遠山也不客氣，坐了下來，一邊看著藥方，一邊揚聲道：「哪裡不知？我看妳這丫頭早就認出我來了。」

蘭亭亭尷尬地笑了笑，沒敢接話。

「茵芋是這麼用的？」羅遠山神情不悅地說道：「妳可知道，這醫術學了一點，和一點沒學，沒什麼區別。」

蘭亭亭連忙應著，見羅遠山放下了手中的藥方，看了她半晌，一副欲言又止的模樣，她心下了然，優秀的社畜，要在長官開口之前先主動遞話。

「是阿蘭學藝不精，還請大人指導。」

羅遠山抿了抿唇，終於又道：「什麼時候開始學醫的？」

「不久，幾個月前。」

蘭亭亭估算了下這幾天自己臨時抱佛腳的背書成果，忽悠一下外行還可以，在羅遠山面前就沒必要班門弄斧了，但她又不能老實交代自己才學了五天，便說了個模糊的時間。

羅遠山輕哼一聲。「一次都沒有問過診吧。」

蘭亭亭摸了摸鼻子，心虛地笑了笑。

「妳和陸伏苓什麼關係？」

「陸醫師？」蘭亭亭沒想到會聽到她的名字。「未曾相識。」

羅遠山支著下巴打量著她。「那妳怎麼會知道三齒噬髓草的下落？」

三齒噬髓草？蘭亭亭頓時明白羅遠山方才在糾結些什麼了。

陸伏苓仙逝前，曾雲遊四海尋找古時流傳下來的一味絕世藥草，這藥草只在古書中有過記載，傳聞有洗髓換血、重塑經脈的效果。

但由於此藥草無法人工培育，只會出現在深谷幽潭、懸崖峭壁之上，百年難得一遇，過去只有皇室能夠享有。

後中原大亂，各國自立，戰爭不斷，最後一個得到它的遊醫，也在戰亂中將此草藥的最終發現地隨他自己埋入地下。

書中，後期小皇帝被秦苒下毒，呂羅衣奉命救治翻閱典籍時，又再次提起此藥藥效，太后命她不惜一切代價找到此藥，太醫院便組了一隊人馬，兵分四路，藉著陸伏苓二十年前留下的一份未現世的手稿，翻山越嶺，花了三個多月的時間，終於找到了它的大致位置。

羅遠山之所以這麼問，是因為這本未現世的手稿正是藏於他手，按理說，這世上除了他和已經仙逝的陸伏苓本人，不應當有人知道這藥草的位置。

可蘭亭亭哪裡是普通人，她是看過《太醫院寵妻日常》的！

當時剛穿越過來不過兩炷香的時間，她就下定決心要留在太醫院，因此考試時不管三七二十一便將這三齒噬髓草的藥效、採摘位置默寫出來，這已經是她能想到的、最好的留在太醫院的辦法了。

雖然是站在了巨人的肩膀上，但是為了保命，她不得不借一下這個肩膀。

「小女是機緣巧合才得知此草藥的事，在來到太醫院前，我在民間曾算過一卦卜吉凶，大師說我印堂發黑，未來可能有血光之災，得提前做好防範。」

為了給一個合理的理由，蘭亭亭開始繪聲繪影地胡說八道。

「於是我便問他，那我要如何防範呢？他又給我算了一卦，就說東邊有座高山，山中有能救命的藥草，名叫三齒噬髓草……」

「夠了，別瞎扯了。」

羅遠山只聽第一句，便知道她並不想細說此事，心裡因此有了其他打算，若她當真與陸伏苓相識，他不想逼她，若她沒有，那他逼她也沒有用。

羅遠山摸了摸眉尾，直接問道：「妳可曾去找過？」

「未曾。」

「若是讓妳留下，派妳去找，妳能否找到？」

蘭亭亭眼睛一亮，想都沒想，立馬道：「沒問題，一定完成任務！」

「回去吧。」

羅遠山待她離開，從懷中掏出了一本泛黃的手稿，翻到了最後幾頁，那裡記載的位置，與蘭亭亭所寫，確實有些相通，他輕輕撫著上面的字，嘆道：「這丫頭，與妳倒是有幾分相似。」

蘭亭亭出了考場，見呂羅衣、陳素已在外面等她，連忙上前去會合。

一同去飯堂的路上，蘭亭亭聽她們聊天才知道，原來只有她不知該說是幸運還是倒楣地抽中了院長，其他人都是普通的病人。

「明日應當就會宣布最終的入選名單了。」陳素理了理長衫道：「希望咱們都可以入選。」

「妳們一定沒有問題的！」

蘭亭亭自然如此確信，書中有提到，陳素是以第一名的成績入選，呂羅衣第二名，丁蘭香第三。她只希望如今丁蘭香走了，她能替補接上這第三名。

呂羅衣笑道：「阿蘭如此聰慧，又認真努力，定然也沒有問題。」

蘭亭亭一邊和兩人聊著，一邊回想方才羅遠山問她的問題，總覺得他不是說說而已，一旦他相信她的說法，那麼她就有足夠的希望留在太醫院，留在呂羅衣的身邊。

羅遠山自然不是說說而已。

在後院的書房裡，他正在組織太醫們探討入圍殿試資格的五個名額。經過一個下午的討論，名額人選已經基本確定，但首席女醫的排位卻還沒能定下來。

正吵得厲害，小廝忽然來報。「成大人來了。」

話說完，成雲開便到了。

羅遠山皺著的眉頭舒展了些許，笑道：「聽聞成大人今日身體不適，可需老夫診脈看看？」

成雲開將披著的外衫放在一旁，坐了下來，回笑道：「小事而已，哪裡需要勞駕羅院長？已經無礙了。」

「這是初步選定的幾位女醫，成大人可有什麼意見？」羅遠山自然不是問他的意見，而是想從他口中瞭解皇上和太后的意思。

成雲開拿過名單，仔細看了看，恭維道：「羅院長做的決定自然是做過全面考量的，下官哪提得上什麼意見。」

言罷，他把名單還給院長，看了眼坐在對面的孟樂無，笑道：「再過兩個月便是太后的壽辰了，孟院判新官上任，可要想好給太后備什麼壽禮。」

太后壽宴！

羅遠山心中一驚，怎麼差點把此等大事給忘了，方才心中的猶豫驟然散去，他一臉感激地對成雲開點頭道：「多謝成大人提點了。」

成雲開拱手帶笑道：「大人高抬了。」

第二日清晨，程女官站在主殿的一側，手中握著即將張貼的告示，下面圍著十多個女醫，屏氣凝神，等著主殿正中的羅遠山宣布第二天殿試的名額。

蘭亭亭握緊著拳頭，指甲陷進肉裡，她有點緊張，呂羅衣站在她身邊，也緊張地端著手，撫在胸口。

在一段冗長的演講過後，羅遠山開始宣布名單，從第五名開始，蘭亭亭的心吊到了嗓子眼，她最有希望的便是以最後一名的成績進入殿試，但他唸出的名字卻並不是她，而是——

甘靈兒。是她的室友，同時也站在她的身邊，小姑娘開心地給了她一個擁抱，蘭亭亭努力露出個不太苦的微笑。
第四名，是李輕竹，翰林院的侍衛來搜房時，喝斥他們的那個女醫就是李輕竹。
蘭亭亭沒怎麼與她講過話，只知道她是官家女，按理說，官家女可以通過選秀入宮謀職，沒必要與她們這些普通百姓一同考太醫院，但蘭亭亭此刻卻沒心思想這些，她全副心思都在等第三名，她最後的希望，然而等到的名字竟是……
陳素。
蘭亭亭傻眼了，陳素怎麼可能才第三？她下意識地看向她，陳素也是有些驚訝，但是很快整理好了心情，對身邊恭喜她的人都道了謝。
第二名，蘭亭亭已經不想聽了，卻沒想到聽到了呂羅衣的名字。
蘭亭亭徹底傻眼了，這第一名究竟是哪位不知名的天降紫微星？
「此次招考的第一名，也就是太醫院這一次的首席女醫。」羅遠山頓了頓，在人群中尋找此人的身影。「阿蘭！」
蘭亭亭忽然被點名，猛然抬頭，與羅遠山四目相對，身邊一片譁然。
原來天降紫微星……竟是我自己?!
蘭亭亭半天也沒反應過來，甘靈兒又給了她一個擁抱，呂羅衣牽起她的手，對她笑道：「我早就說了，阿蘭一定沒有問題。」

不遠處，陳素笑著對她點了點頭。蘭亭亭卻露出了比剛才更苦的苦笑。

這一定是在整她！除了與她相識的這些人，其他人看她的眼光都多多少少有些奇怪，她從這些眼神中看出了她們想說的話：一定是走後門！還有甚者，竟然直接對著她向孟樂無的方向努嘴。

天地良心，蘭亭亭內心哀號，她真的連句話都沒和孟樂無說過！就算她有後門，那也是羅遠山給開的好吧？

這位羅院長畢竟還是經歷過風風雨雨，對下面這些聲響動靜置若罔聞，繼續朗誦著他的腹稿，蘭亭亭只能看見他的嘴上下開合著，聽不到他在說些什麼。

她欲哭無淚，自己只是想進太醫院當條鹹魚，怎麼一個翻身還翻過了，直接趕鴨子上架了？

理智上，她知道這是因為孟樂無同書中寫的一樣，怕呂羅衣頂著第一的名號入宮履職會成為眾人的靶子，但也沒必要選她當靶子吧？好歹陳素是擔當得起這首席的名號，明眼人都看得出來選她這叫德不配位！

蘭亭亭忽然回想起前一天呂羅衣和陳素的對話——

「聽說咱們的殿試與科舉考試並不相同，是由太醫院確定名次，皇上審查沒有問題，便不會再有變化。」陳素斟茶道。

呂羅衣有些疑惑，問道：「皇上審查沒有問題？那豈不是殿試不會再問醫術相關的考題了，相當於就是讓皇上認一認人？」

陳素點點頭。「差不多是這個意思，畢竟這些人就算沒有都留在太醫院，也定會在宮中謀事，皇上也需要見個臉熟吧。」

想了想，陳素又道：「我方才聽院判大人說，首席女醫還需要代表太醫院面見皇上，接受皇上對此次招考細節的詢問，今年是頭一回在宮外招考女醫，還不知道陛下會問些什麼呢……」

蘭亭亭沒想到這位倒楣的首席女醫會是自己，此時滿腦子都是陳素說的那句「還不知道陛下會問些什麼」，臉都嚇白了。

這次宮外招考，本就參與人員混雜，萬一皇上這次同之前不同，做足了功課，隨口就問她醫術上的問題或是她的家世背景，問到了她的盲區，那她豈不是隨時可能從首席女醫直接落到身首異處的下場？

不行，她不能坐以待斃。

羅遠山終於講完了他的長篇大論，女醫們或是開心、或者難過、或是解脫的離開了大殿，對有些人來說，這可能是她們人生中最後一次踏足皇城，難免有些戀戀不捨。

而蘭亭亭卻飛奔回東廂房，她連忙翻出那封被她眼淚浸濕過的家書，仔細研究了信的落款和來信的地址。

落款是阿蘭父親的名字，張朝貴，來信的地址是泉州哀望山腳張家村。

等一下，阿蘭的父親不是有名有姓的嗎？為什麼她沒有隨父姓，只有個乳名一樣的名字？蘭亭亭總覺得，阿蘭似乎有些複雜的、她並不知道的過去。

但她已然沒有時間去探究這些過去，她得想出一個合理的理由解釋她沒有姓氏之事，這倒是好說，不過這泉州哀望山又在哪裡？萬一皇上一時興起讓她講講家鄉的風土人情，她都不知道該如何回應。

於是，在甘靈兒呼呼大睡、李輕竹不知去向、陳素喝茶看書、呂羅衣與孟樂無私會的大好下午，蘭亭亭試圖翻牆出去，想到集市上買本泉州攻略。

就在她第三次翻牆失敗，掉下來仰面朝天後，她見到了她的剋星，成雲開。

自從中秋時她在涼亭見到他怪病發作後，他們便未曾單獨相處過，此刻，蘭亭亭覺得有些尷尬，那日的死老鼠讓她對他有了戒備，她可沒有這樣的心計，就怕再靠近他，哪天怎麼死的都不知道。

成雲開卻沒想到這些彎彎繞繞的東西，歪著頭不明所以地看她爬起身來，撣了撣衣袖，對他行禮。

成雲開感慨道：「我總是看不懂阿蘭姑娘的一些行徑。」

「強身健體，強身健體嘛。」蘭亭亭隨口說罷，沿著牆角準備開溜，溜到一半，便聽成雲開又開了口。

「那是我誤會了，還以為姑娘想出府去，正巧我要去集市採買點東西，還缺個隨從。」

蘭亭亭聽罷，連忙立正站好，將一切擔憂拋諸腦後，正色道：「願為大人解憂！」

第四章

京城的集市說大不大，說小自然不會小，蘭亭亭跟成雲開去的是臨近太醫院的西街，平日裡都是些常見的鋪子，有點像拉成一條長街的小商品批發市場。

蘭亭亭跟在後頭自我安慰著，比起欺君罔上被皇上砍頭的風險，她覺得此刻短暫地跟隨著成雲開的風險一點都不算什麼。

但是她還是覺得不高興，此人花錢可謂大手大腳，還未經過幾個鋪子，便已買了一籮筐的東西，而且他大爺還真是毫不客氣，全都讓她給他拎著，真把她當成了自己的隨從。

蘭亭亭抱著一筐的水壺、木炭、火石鎖鏈，覺得有些奇怪，這怎麼看都不是日常用品，難道成雲開要出遠門？

她回憶了一下書中故事的時間線，想不到他此刻有什麼出京的行程，不過這總歸是件好事，總算能遠離他一陣了。

想得專注，蘭亭亭沒注意到成雲開停下了腳步，一腦門撞上了他的後背，硬邦邦的，還挺疼。

「對不起！」她連忙道歉。

成雲開抬手揉了揉後頸，回過身來皺著眉頭對她道：「回去吧。」

蘭亭亭傻眼了，連忙道：「我看前面那家書店不錯，大人要出遠門，想必也得買個當地的地圖瞅瞅！」

成雲開眉頭還皺著，卻笑了一聲。「胡謅的理由倒還挺有道理。」

蘭亭亭擠了個笑臉，飛速溜進一間書鋪裡，精挑細選了一本燕北遊記，當中有幾章專門寫了作者在泉州的經歷。

她心滿意足地結了帳，正欲走出店外，卻見成雲開還站在一旁，專注的看著一本書的封面。

她走到成雲開的身旁，唸出了那本書的名字。

「江南遊記，和我這本書同一位作者呀！成大人原來是江南人嗎？」

成雲開這才回神，怔了一下，沒有回答她，徑直找門口帳房先生結了手中那本書的帳。

蘭亭亭偷偷瞥見了那地方的名字。

東淵，這名字好生眼熟，似是在哪裡見過？

回到太醫院時已是傍晚，蘭亭亭到飯堂用完餐，回房梳洗過後就趴在床上，就著窗口月光翻看今天買回來的遊記。

泉州原來在京城的正北方，三、四百里的距離，一年中有一半的時間處在冬天，因氣候不佳，河水冬日會結冰，與各地往來十分不便，大部分的百姓都以村落為單位，盤踞在各個高山名川的山腳下，過著自給自足的日子。

如此說來，阿蘭能從大山裡面來到京城，一路想必也十分不易。

蘭亭亭正看得入神，忽然旁邊冒出來個毛茸茸的小腦袋，甘靈兒揉了揉惺忪的睡眼，問道：「阿蘭，妳還有吃的嗎？我餓醒了。」

蘭亭亭忍不住輕笑出聲，她挑了下眉，翻身從床角取出了一個灰色布袋，從袋子裡變戲法般地摸出了個噴香的桃酥。

甘靈兒肉嘟嘟的小臉瞬間露出幸福的表情，她拿著桃酥，坐到了一旁的木椅上，搖晃著雙腿，邊吃邊問道：「妳在看什麼？」

「家鄉的遊記。」

甘靈兒嚥下嘴裡的吃的，有些傷感道：「我也想家了，不知道要等到什麼時候才能再回家。」

「是啊……」

蘭亭亭在床上躺了會兒，將書放到一旁，望著漆黑的屋頂，怔怔地出了神。

她已經穿書了這麼久，不知道原來的世界裡，她還活著嗎？她的母親有沒有因為她的離開而感到愧疚，後悔她還在時沒有好好的愛她呢？

想著想著，便沈沈的睡去，這一次的夢中，沒有哭喊，沒有無助，她的眼角劃過一滴眼淚，洇濕了被角。

大燕建國後，燕高帝命人算盡天下風水寶地，最終選址宛安城作為大燕的皇城。

高帝稱王後，冊封了在世的兩個弟弟為侯、三個妹妹為郡主，追封了開國時戰死沙場的兩個哥哥為王。而後三年，冊封了丞相之女穆錦白為后，也就是如今的太后。

太后有兩位皇子，大皇子十多歲時已展現出卓絕的領導能力，高帝有意將他培養成太子，以便百年之後繼承皇位，卻不曾想，大皇子十三歲那年不慎墜馬重傷，此後病情反覆，纏綿病榻一年之久，卻終是油盡燈枯。

在大皇子出事前，穆錦白剛好再度有了身孕，原本令人開心之事卻因大皇子的墜馬而被拋諸腦後，所以當今聖上自出生時便體弱多病。

為保住他的性命，高帝重組太醫院，從江湖上請來了當時隱世多年的名醫羅遠山坐鎮院長之位，又昭告天下，廣納賢才，延攬了大燕醫術頂尖的十位太醫，專門為太子調養身體。

陳素緩緩道來，這便是如今這屆太醫院的由來。

蘭亭亭聽罷，直拍手叫好。「素素每次都能打聽到我們不知道的消息，太厲害了！」

陳素被她誇得有點不好意思，笑道：「這也沒什麼，跟院裡的醫士聊一聊就能知道這些了。」

幾個姑娘在去往皇宮的馬車中聊得熱鬧，忽然車伕大喊一聲。「吁——」

馬車穩穩停下，蘭亭亭偷偷掀開側簾，遠遠地望見了一排高高的城牆，當中緊閉著一扇偌大的門，門的正上方有塊匾額，上書「承德門」。

孟樂無從馬車旁將五位女醫依次扶下車來，領她們走到了承德門的側門旁，領頭侍衛接過他遞去的牌子，仔細打量了她們幾人許久，點了點頭，示意一行人可以進去。

蘭亭亭是仰著頭走進皇宮的，她不是沒有去過古都，也不是沒有在旅遊時參觀過曾經的皇城，但這是她第一次在一個朝代最輝煌的時刻，近距離瞻仰一座鮮活的宮城。

她幾乎都能聽到在建造時，往來這扇門的工人交談的聲音，那是建築的生命。

一路上兩旁都是高高的圍牆，宮中寂靜得可怕，他們只能聽到身邊自己人的腳步聲，偶爾迎面走來幾個宮女，見到他們都自動讓到兩側向他們行禮。

今日的蘭亭亭，不再穿著樸素的長衫，而是換上了一身青藍色的朝服，這是太醫院統一的制服，也象徵著太醫院的認可。

清晨梳妝時，蘭亭亭對著廂房裡半人多高的銅鏡照了許久，久到呂羅衣都在一旁笑她了，但只有她自己知道，她在鏡中找些什麼。

穿越來這裡的頭兩天，蘭亭亭不敢看一切帶著反光的東西，鏡子、池水便不用說了，連與呂羅衣說話時，她都不敢盯著她的眼睛太入神。

她害怕見到阿蘭的臉，害怕這是一張陌生的臉，那會讓她感到割裂和迷惘。

直到那天半夜，她在水塘旁翻找丁蘭香設陷阱留下的蛛絲馬跡，無意間在月光的照射下，看到了映在水面上的自己的臉。

阿蘭的臉，與真正的她面貌有七分相似，只是臉頰更消瘦一些，皮膚更加白皙，雙眸也亮得很，哪怕內裡是她這樣心思冗雜之人，外在看上去，卻也是純淨質樸的。

蘭亭亭有些羨慕，自己十幾歲還未戴上厚重的眼鏡時，是否也曾擁有過這樣一雙眼睛呢？

他們走了許久，終於走到了皇上召見他們的主殿，她抬頭看去，便見「景元殿」三個大字。

她的思緒被一聲尖細的男聲打斷，門口的小太監跑進殿裡通報，沒一會兒的工夫，便聽他尖細的嗓音又道：「皇上召太醫院孟院判及五位女官入殿！」

羅遠山一早便進了宮，此刻已經將招考女官之事說了七八，隨即便見孟樂無帶人入殿，退到一側，等著皇上問話。

孟樂無行禮後，向龍椅上正襟危坐的小皇帝一一介紹了五位女官的姓名。此時，蘭亭亭等人仍跪在下面，不敢輕易抬頭面聖。

「平身吧。」

小皇帝開口，聲音還十分稚嫩，帶著幾分奶氣。

蘭亭亭等人謝過皇恩，便起了身，還未站穩，便聽更遠的地方傳來一個年邁的女聲。

「都抬起頭來，讓哀家瞧瞧。」

這聲音帶著一絲慵懶，蘭亭亭連忙抬頭，便見龍椅的左側，有一道編織得密密麻麻的珍珠簾子，風吹過時，還發出細微的聲響。

她隱約能看到太后的身影在簾子後，正半倚著扶手看向眾人。

「甘靈兒，聽說妳過去在宮外本是廚娘，怎麼又成了女醫？」太后幽幽的聲音傳來。

甘靈兒笑道：「回太后，廚娘也需要懂些醫藥之術，什麼能吃、能怎麼吃、怎麼吃能吃得好，這些都是小女在當廚娘時需要認真琢磨的事，也就自學了一些藥草書籍。」

太后聽罷，滿意地點了點頭，又換了個目標續問。

「李輕竹，妳的父親已是泉州知府，吃著皇糧，妳待在家中繡花唸詩不好嗎，又如何想來太醫院？」

李輕竹拱了手，聲音聽不出一絲起伏地回道：「回太后娘娘，民女自小對醫書頗感興趣，也曾在家鄉的醫館學習，當下醫術最盛之地便是京城太醫院，天下學醫之人無不心嚮往之。」

「倒是有些志向……」

太后自言自語了一句，又看向陳素。

「江南來的遊醫，陳素，本宮早就在羅院使那裡聽說過妳的名字，一年前衢州平復瘟災，少不了妳的幫助。」

「太后言重了！」陳素行禮道：「民女只是做了常人皆會做之事。」

「那便已是不易了。」太后向前坐了坐，語氣中多了幾絲溫和。「呂羅衣，聽說妳是五位女官中年紀最小的一位，今年多大了？」

「回太后，民女今年十六歲了。」

「十六歲，多好的年紀，本宮當年入宮時，也不過這樣的年紀。」

太后的聲音輕柔地飄了起來，在高高的房梁上轉了個圈，又落在了蘭亭亭的身上。她收回了思緒，問道：「那麼，妳便是這次招考的狀元了？」

「阿蘭不才……」

蘭亭亭正行著禮，在腦海搜羅自謙的詞彙，還未想出個所以然，一旁的太醫院院長羅遠山已上前一步，朗聲回答。

「稟告太后，不錯，本次女醫的狀元正是這位阿蘭姑娘。據老夫這幾日觀察，阿蘭姑娘不只聰慧過人、醫術超群、見多識廣、博學多才，還勤奮好學、手不釋卷、不恥下問、謙虛謹慎，實乃不可多得的醫術奇才！」

蘭亭亭心中一陣惡寒，若不是在太后、皇上面前，她都想衝上去捂住羅遠山喋喋不休的嘴了。

快別說了，這還有天理嗎！羅遠山口中的這位天賦異稟的奇才怎麼看也不會是她啊！敢情吹的不是他自己的牛，真不怕把她的牛皮吹破！

果不其然，隔著簾子蘭亭亭都感受到太后的眼睛發光了，更別說沒有簾子擋著的小皇帝了，他的喜悅溢於言表。

「當真如此厲害？」

羅遠山嚴肅道：「千真萬確！」

「那可有法子……」

太后的話沒說完，羅遠山已明白她要說什麼，他正是在等她提到這件事，迫不及待地接口。「不錯！」

羅遠山側頭看向蘭亭亭，對她擠眉弄眼道：「阿蘭，還不快向皇上、太后稟報三齒噬髓草之事！」

「什麼草？」

太后聽得不甚清楚，向前探了探身。

蘭亭亭瞪大了眼睛盯著羅遠山，面上卻不得不帶著微笑，她內心一陣狂轟濫炸，合著這老頭在這兒等著她呢，怪不得鋪墊了那麼多陳腔濫調。

她終於抬起頭來，看到了小皇帝的樣子，也被他那雙求知的眼睛搞得渾身不自在。

她行禮道：「回稟皇上、太后，有種藥草名作三齒噬髓草，為絕世珍品，古書中曾對此草有所記載，稱其能洗髓換血，重塑人的經脈，有起死回生之效。」

「竟還有此等神藥？」太后驚嘆道，轉而語氣有些微怒地向羅遠山道：「羅院使，為何哀家從未聽你提過？」

「此藥雖有神效，卻已失傳多年，僅古書有記載，卻難以查知確切生長的位置，不過阿蘭女官過去在民間行醫時見到過此草，微臣相信，再給她些許時日，定能將其取回！」

牛皮可不是這麼吹的！蘭亭亭內心哀號，試圖透過水汪汪的大眼睛表達出她內心的恐懼和拒絕。

可惜，隔著簾子的皇太后將這訊號錯誤地接收為了期待與憧憬，了然地點了點頭，還出口讚許她。

「難得阿蘭女官如此忠心，此行定然艱險，羅院使可要用心安排，務必提供所需之人力、物資，不可辜負阿蘭女官的一片忠心。」

羅遠山連忙道：「兩個月之內，太醫院定當將這神藥取回，以解太后、皇上之憂！」

事已至此，蘭亭亭還能說什麼？她只得跪拜道：「謝主隆恩！」

回去的馬車上與來時截然不同，車廂裡分外安靜，蘭亭亭蜷在角落面壁扣牆，呂羅衣坐在她的身旁，小心翼翼地扯了扯陳素的裙角，指著蘭亭亭，對她努了努嘴。陳素無奈地搖了搖頭，沒有開口。

「好羨慕阿蘭呀！」只有搞不清楚狀況的甘靈兒，絲毫未意識到自己不合時宜地開口。「阿蘭，那個三齒噬髓草的位置定然不在京城吧？離妳的家鄉遠嗎？說不定路上還能經過呢！」

蘭亭亭頭也沒抬地沈沈回道：「是不在京城，但也不在我的家鄉，泉州在正北邊，這藥草在千岐山，東邊。」

「妳是泉州人？」坐在車門旁的李輕竹突然回身問道。

「嗯……」

蘭亭亭呆滯地應著，此刻只覺得人生一片黑白。

書中所描寫的千岐山脈，其凶險程度，不亞於橫穿撒哈拉沙漠、徒步亞馬遜熱帶雨林。若不是呂羅衣自帶女主光環，取藥回來時可能連渣都不剩了。

如今竟然讓她一個小小炮灰帶隊出征，羅遠山一定是意圖謀害她的性命！

雖說，當時是她為了入選女醫官之列，大筆一揮讓這藥草提前現世；雖說，當下羅遠山問她能否找到這藥草時，自己也是信誓旦旦，但她只不過是提供情報隨口說說，誰想到他們竟然是認真的，還要她出宮去找？

這委實不太對勁，書中，呂羅衣等人如此急切地想要這藥草，是因為小皇帝被秦苒下毒危在旦夕，而此刻明明無事發生，為何他們一個個卻仍舊如此急切？尤其是太后和皇上，難道除了那毒，他們還有什麼難以啟齒的隱疾？

蘭亭亭想得專注，馬車驟然停下時，她一個沒坐穩，撞在了車廂上。

她揉著撞紅的鼻子，拎著長袍，在孟樂無的攙扶下下了馬車。

太醫院的門口還停著一輛馬車，陌生得很，不像是太醫院的馬車。她沒有多問，逕自向院門口走去，馬車旁露出一個熟悉的身影，長身玉立，又是藏藍色的常服，戴著黑色半透明的烏紗帽，長長的軟翅搭在兩側。

不用仔細看，蘭亭亭餘光便認出了成雲開的身影，忍不住心中疑惑，招考已然結束，這裡便再也沒有他翰林院的事，這人怎麼又來了？

成雲開像是聽到了蘭亭亭的腹誹，忽然回過頭來，掃了他們一眼，又對羅遠山行了禮。

羅遠山也對他的到來頗為好奇，探頭看向他身後馬車。

「成大人這是？」

成雲開也側身，對那馬車揚了揚下巴道：「王爺吩咐的。聽聞太醫院過幾日要去為太后、皇上尋找神藥，想著太醫院的車馬不適合長途奔波，王爺便遣下官將府中千里馬帶了過來。」

「王爺費心了。」羅遠山瞇起笑眼讚道：「我這前腳才接了皇命從宮中回來，成大人後腳就將馬車送到，當真是料事如神！」

成雲開拱手笑笑，不再多言。

從太醫院離開後，成雲開並沒有直接回翰林院，而是去了七王爺的熙王府覆命。

門口小廝未曾通報，便直接將他引入後院書房，熙王正在書桌旁揮灑筆墨寫著書法。

「王爺，車馬羅遠山已收下。」

熙王沒有抬頭看他，仍是欣賞著自己的字。「那老頭怎麼說？」

「自然是對您感激不盡！」成雲開揚起了語調。

「呵！」熙王冷笑一聲。「他能有這態度？怕是冷嘲熱諷吧！想獨占那神藥，本王偏不讓他如意，你也收拾一下，過幾日同他們一起去。」

成雲開頓了頓，問道：「太后那邊……」

「翰林院本就掌管醫藥之事，若是你請命，她也沒有拒絕的道理，況且，她想必也不放心太醫院獨攬此事，興許還會派出自己的人跟著。」

「是。」成雲開應著。

「秦苒的事查得如何？」

成雲開緩緩道：「就是女醫丁蘭香為陷害他人設下陷阱，秦苒意外中了陷阱導致失足溺斃。」

熙王臉一沈，道：「秦苒是陳國的密探，她活著，咱們還可以利用她探知敵國情報，如今死了，不知道陳國還會派誰來，既然是這丁蘭香設下的陷阱，無論是不是故意，敢壞了我的大事，你就不該留她性命！」

成雲開面露難色，回道：「王爺，當時太后立刻就派人來將她帶走了，下官實在阻攔不及！」

他心中明白得很，熙王面上是在惋惜著敵國的情報，實則是痛惜自己透過秦苒安置在陳國的產業斷了線，她那裡的帳本若是被太后拿到手，那便是有力的把柄。

但熙王絕不會派成雲開去找那帳本，同上一世一樣，他只用他對內、對付太后，尚且不放心由他對外與陳國接觸。

因此成雲開盤算著，此刻的沈泉應當已領命在找那些帳本的路上。

「罷了。」熙王提筆沾了沾墨。「秦苒之事且先這樣，太醫院那邊你盯牢了。你此去不只要取回神草，還要找出它的用法，否則，別回來見我！」

成雲開領命。

熙王將硯臺挪開，舉起了方才寫下的書法，欣賞地看著。「大道通天。送你了！」

成雲開端著熙王賞賜的四個大字回到府上，進了書房便將它隨手扔進了一旁的箱子裡，那裡面皆是這般大小的字畫紙卷。

他擇了擇手，眼神冷了下來，這一世，他雖未被熙王所救，卻仍舊投奔到了他的麾下，只因，知己知彼，方能百戰不殆。

他重生後，通過上一世習來的治水之法，先發地救了故鄉百姓，而這事間接改變了熙王的布局，轉而對另一處村落下手。

雖然這樣的自救導致了另一個村落的災難，但成雲開卻並不後悔，他只痛心於自己本可以做得更好，救更多無辜百姓，由於不再是熙王的門客，他漏失了許多獲取熙王想法的機會，於是十七歲那年，他再一次選擇回到了熙王的身邊。

只不過，這一次，他不再是他身邊忠心的狗，而是野獸，一隻臥薪嘗膽，待時機成熟便要將他吞噬的野獸。

屋外忽然傳來鴿子的叫聲，「咕咕」了幾聲，落在了成雲開面前的窗臺上。

他一把抓住那信鴿，從牠的腳邊取下一個捲筒，抽出裡面的紙來，上面寫道——

太后命我同去。

蘭亭亭甫一回到太醫院，就被羅遠山拎進書房，接受了快一個時辰的思想教育。主旨便是要她端正態度，既然意願如此強烈的要留在太醫院，就要為太后、皇上分憂。

耳朵都起了繭子的蘭亭亭頻頻點頭，終於逮到了羅遠山換氣的空檔，連忙見縫插針道：「大人，阿蘭只有一個小小的請求！」

羅遠山皺起了眉頭，不太樂意地問道：「什麼請求？」

「我想申請帶一個人同去！」

羅遠山眯起眼睛，瞥了瞥一旁站著未曾說話，專心看醫書的孟樂無道：「孟大人本來就會隨妳同往。」

被點名的孟樂無側頭看了羅遠山和蘭亭亭一眼，她從他的眼中看出了滿滿的嫌棄，連忙擺手。

「那與我無關，其他的人我全聽太醫院安排就是，我主要是想問，可以請呂羅衣與我同去嗎？」

她話音未落，便聽孟樂無不悅地開口。「妳什麼意思？」

她能什麼意思？當然是想抱女主大腿呀！書中對三齒噬髓草位置的標注，最詳細的部分也不過是講到在千岐山的一處溶洞崖壁上，但這千岐山脈橫跨幾個州縣，她哪裡知道具體是在哪處溶洞中？

而呂羅衣卻不同，就是有能耐挖出更多資訊。

書中提到，通過分析陸伏苓筆記中的氣候、土質、植物生長程度，她從幾十處溶洞中，鎖定了其中四個。

若是沒有女主的分析，單憑蘭亭亭一個人抽盲盒一樣沒頭蒼蠅地亂找，別說兩個月，兩年都不一定能摸到邊！

但這些個意思蘭亭亭能說嗎？她當然不能說。

她只得道：「羅衣醫術高超，天賦異稟自不用多說，我對三齒噬髓草的瞭解僅限於它的大致位置，而她卻是真的曾遊歷四海當過遊醫，在採集草藥的經驗當比我更為豐富，此行缺她不可。」

孟樂無皺著眉頭打量著蘭亭亭，問道：「妳當真知道那藥草的位置？沒有騙我們？」

天地良心！蘭亭亭恨不得當場發誓。

「我再怎麼膽大妄為，也不敢用這事溜鬚拍馬，倘若最終找不到藥草，皇上、太后怪罪下來，第一個砍的，那也是我的腦袋！」

孟樂無的眉頭舒展了些許，想了想，甩下一句。「我去問問。」便轉身離開了。

留下蘭亭亭和羅遠山大眼瞪小眼，羅遠山被她盯得緊了，往後坐了坐。「我可沒說不信妳，只不過，妳可跟我保證了，定能找尋到那藥草。」

蘭亭亭狗腿樣道：「羅大人定然不會貿然相信我的一面之詞，許是您手中也有些證據能證明我所述非虛吧？」

羅遠山警惕的靠緊椅背，伸直了胳膊，無名指開始規律地敲擊著桌面。「妳到底和陸伏苓什麼關係？」

蘭亭亭連忙搖頭。「我猜的罷了，若是猜中了，純粹是巧合！」

羅遠山微眯著眼睛看了她許久，看得蘭亭亭心裡有些發毛，他忽然站起身來，走到門口，也甩下一句話。

「在這兒等我。」說完，人便沒了影兒。

太陽漸漸升到正中，蘭亭亭趴在桌上等得煩悶，肚子也開始發出哀鳴，正當她快坐不住之時，羅遠山終於邁著沈甸甸的步子回來了。

他從懷中掏出一個布袋，包裹得非常精緻，打開來，當中有一疊泛黃的稿紙。不難看出，收藏此物的人對其保護的精緻程度，除了紙角有些不可避免的褪色，其餘地方皆保存得完好無損。

「拿去吧！」

羅遠山將布袋放在桌上，推到了蘭亭亭的面前，扭頭看向一旁。

蘭亭亭自然從他出屋那刻，便知道他要去取什麼，這是陸伏苓從未問世的手稿，是她生命最後的遊記，當中記載著她最後一次見到三齒噬髓草的位置。

但當羅遠山如此坦誠的將這手稿借給她時，她還是有些難以言說的震撼和感動。

「其實，」蘭亭亭有些不好意思地開口。「我可以謄寫一遍就好，不用帶走原件的！」

羅遠山聽罷非但沒有開心，反而拿著手邊的扇子敲了下蘭亭亭的腦袋。「臭丫頭，想什麼呢！本來就只是讓妳拿去研究，沒說要讓妳帶去千岐山！」

「……」蘭亭亭無言以對。

「妳不會是想什麼功課都不做，直接去吧？當然要先在太醫院研究清楚取藥的路線才能出發。不然妳現在直接去那兒，眉毛、鬍子一把抓，是打算兩年後再回來嗎？」

蘭亭亭一臉受教地頻頻點頭。「是是，大人說得沒錯，我這就拿回去謄寫一份，細細研究！」

蘭亭亭將那手稿重新包好，揣在胸口捂緊，一路小跑的回了住處。

到門口碰見了正在散步的孟樂無和呂羅衣，後者也看見了她，只見呂羅衣與孟樂無說了兩句話，便向她走了過來。

「阿蘭，孟大人說妳向羅院長請命帶我同去，此等大事，我畢竟從未聽聞過那神藥，實在怕自己幫不上什麼忙。」呂羅衣有些糾結，拉著蘭亭亭的袖子，眼神誠懇地又道：「但若阿蘭需要我，我定願同往。」

蘭亭亭聽得眼淚都快掉下來，從懷中掏出還未來得及捂熱的陸伏苓手稿，小心翼翼地遞到了呂羅衣的手中。

「別擔心，妳願意就好，來，這便是我需要妳幫我做的第一件事，幫我謄寫一遍吧，我的字實在太醜了！」

蘭亭亭當然不只是讓呂羅衣替她抄書，單純的體力活還用不上她那矜貴的「大腿」，她是想借抄書之名，讓她替自己仔細研究這份手稿。

羅遠山給了他們五天時間，還特意挑選了一個較為安靜的偏殿拾掇出來，擺開了幾張長桌，正在藏書閣對面，方便他們從中借取書籍查閱。

殿試結束之後，蘭亭亭等五人算正式入職了，太醫院一共四位女官，沒進太醫院的第五位是殿試上被問到廚娘經歷的甘靈兒，因為御膳房正好缺人手，她又精通藥膳，便被指派到了御膳房履職。

甘靈兒臨走前還依依不捨地和蘭亭亭流了半天淚，然後轉眼見到御膳房那些從未見過的美食，一抹淚便全忘了，開開心心地換上了大廚的衣服。

留下的四位女官，除了蘭亭亭和呂羅衣因三齒噬髓草的緣故被分至御藥科，陳素因遊醫的經歷被分至安樂居，負責為後宮妃子調養身體，李輕竹則被分至御醫坊，初期負責同院中太醫進宮隨診。

御藥科整體由孟樂無分管，前兩日為了採藥之事，他經常來到偏殿幫呂羅衣和蘭亭亭二人翻找藏書閣的資料，古籍中對三齒噬髓草鮮少記錄，但對千岐山上的藥草卻有頗多記載，對其地勢地貌也有許多紀錄，陸伏苓的手稿中還有許多畫稿可以對照。

呂羅衣謄寫手稿至一半時，忽然停了手，有些為難地看著眼前大片留白的宣紙出神。

此時蘭亭亭從屋外抱回了一堆醫書，見她發著呆，走過去問道：「遇上什麼難事了？」

呂羅衣有些洩氣地指著手稿中的畫稿道：「我試了幾次，都畫不好。」

蘭亭亭站到她的身邊對著那畫稿仔細端詳了許久，拿著筆桿左右丈量，又挪到一張白紙上點了幾個點，上下連上幾筆，一座奇峰的輪廓便已勾勒出來。

「好厲害！」呂羅衣驚喜道：「我對著這些畫稿折騰了一個時辰也沒有妳這幾筆來

得傳神。」

蘭亭亭有些不好意思地笑道：「抄書我是不行，但臨摹線條我還會些，那這手稿中的圖，便由我來畫吧。」

偏殿有些背陰，光線並不太好。蘭亭亭為了將那畫稿中的暗線底稿也臨摹得相近，將桌子搬到了院子裡，日光的照射下，原本顏色變淡的畫稿線條，也變得格外清晰。

半個時辰才臨摹好了一張圖，蘭亭亭一邊慶幸著自己竟還能憑藉半個學期的素描經歷吃點老本，一邊又發愁起來如此緩慢的臨摹速度，她要啥時候才能真正出發？

此刻，她忽然對丁蘭香一晚上臨摹一本書的手速心生敬畏，這著實算得上是門絕技。

剛鋪好第二張畫稿，對著當中的線條反覆確認比例和角度，蘭亭亭忽然聽到不遠處傳來腳步聲。

她沒太在意，以為是有醫士要去藏書閣借書，卻沒想到在她專心致志正要落筆之時，一個有些稚嫩又有些熟悉的聲音在她耳畔響起。

「哇！妳是在畫畫嗎？」

啪嗒。蘭亭亭手一抖，一筆戳在了標記好的白紙上，暈染了一片墨色，方才丈量了許久的墨點也隨著這一筆一同覆滅。

蘭亭亭深呼吸了一下，努力平復著自己的情緒。

她抿著唇，側過頭來，看到了一個穿著淺灰色醫士制服的小男孩，約莫十歲左右的年紀，正歪著腦袋好奇地看著她。

蘭亭亭有些驚訝，這偌大的太醫院竟然還招童工？然後轉念一想，呂羅衣十五、六歲的年紀在現代也算是童工了，這男孩子個子已到她的肩頭，除了聲音稚嫩些，在古代也算是到了該養家餬口的年紀。

雖然覺得他小小年紀出來幹活有些可憐，但蘭亭亭還沒原諒他驚嚇她的那下，沒好氣道：「忙著呢，別打擾我！」

那小醫士「哦」了一聲，離她遠了些，在附近的院子裡走來走去，不知道在找些什麼。

蘭亭亭又拿了張嶄新的宣紙鋪在桌上，終於打好了底稿，抬頭見那小醫士遠遠的盯著她的畫布，沒有絲毫要走的意思，便問道：「你多大了，何時來的太醫院？」

小醫士答道：「十歲了，沒來多久。」

蘭亭亭回想了半天，這次招收女官後，太醫院還沒來過新人，這麼說來這小醫士可能還比她來得早，算得上是她的前輩。

這麼一理解，蘭亭亭也不好多言，語氣也軟了些。「是來御藥科拿藥的嗎？不在這邊，得繞過那竹林。」

小醫士搖了搖頭。「來等人的。」

說罷，見蘭亭亭對他沒了敵意，又小心翼翼地走到她的身側，指著畫布上的圖案問道：「這是什麼呀？」

蘭亭亭有些頭疼，她正忙得起勁，這小孩怎麼這麼沒眼力見，沒聽出來她在趕人嗎？

但她還是老老實實地答道：「是一棵高聳的勁松立在懸崖之上。」

「哦！」小醫士恍然大悟，笑道：「我還以為是糕點上長了毛！」

蘭亭亭聽罷差點沒厥過去，這古今中外的熊孩子都這麼欠揍嗎？蘭亭亭將畫布收了起來，捲起了筆墨，拖著厚重的木桌往偏殿的方向去，惹不起還躲不起嗎！

走了沒兩步，她又不甘心似的回頭解釋了一句。「我這是底稿，還沒畫完呢！」

卻見那小醫士幫她搬起了桌子，怪不得她覺得比來時輕快了許多，見他幫忙，蘭亭亭又放下了手中的活兒道：「你到底要幹麼？我忙得很，能不能別來添亂了！」

小醫士也放下了桌子，有些委屈道：「我來早了，實在無聊得很，妳能不能陪我玩會兒？」

蘭亭亭白眼都快翻上天了，這是哪兒來的巨嬰，她過幾日還要出外給皇上、太后取藥，取不到可是要掉腦袋的，哪裡有空陪一個小屁孩畫畫玩！

她掃了眼一旁的竹林，忽然心生一計，指了指竹林旁的雜草道：「看見那個沒有？」

「什麼？」

小醫士順著她的指尖看去，什麼特別的東西也沒發現。

「傻呀你！」蘭亭亭故弄玄虛道：「你仔細盯著那片雜草，是不是隔一會兒便動一下？」

小醫士專心致志地看了半晌，忽然驚訝道：「不錯！」

「那裡面藏著一隻大臉貓，你把牠抓住，帶回去玩，不比盯著我畫畫有趣？」蘭亭亭挑眉。

這話對那小醫士似乎非常受用，他感激地對蘭亭亭點了點頭，立馬跑了出去，剛跑出兩步又回頭看向蘭亭亭，後者以為他又要回來，嚇了一跳，卻聽他道：「還用我幫妳搬桌子嗎？」

蘭亭亭無奈地笑了笑，擺了擺手，示意他可以去玩他的了。

又在陽光下畫了半晌，終於將那上崖的道路描繪完畢，這第二幅畫稿也算完成了。蘭亭亭揉了揉腰，見太陽有點下山的跡象，正打算搬桌子回偏殿，忽然想起了被自己哄去抓貓的小醫士，轉頭向竹林看去，他卻已不見了蹤影。

蘭亭亭有些擔心，沿著竹林旁的路找去，遠遠的看見一個明黃色的身影在草叢中動著，她頓感奇怪，快走了兩步，又見路的盡頭有個人快步走來，她不及多想，光被那明黃色的身影吸引了注意，直到走近，忽然見到路邊放著一件淺灰色的制服，心中有種不祥的預感，一抬頭，便見迎面而來的人是孟樂無。

那明黃色身影的人似乎也聽見了動靜，站起身來，臉上被樹枝劃出幾道淺淺的紅印，懷中抱著兩隻小松鼠，見蘭亭亭過來，對她呵呵一笑。

孟樂無皺著眉頭，停下了腳步，行了個禮道：「陛下，微臣來晚了。」

蘭亭亭的笑容僵在了臉上，心中一片死寂。孟樂無對面總共兩個人，除了她，就只有那個小醫士……

此刻，蘭亭亭寧願相信自己是先皇私生子能即刻登基，也不願接受那被她數落的小醫士便是當朝聖上的事實。

「孟愛卿平身。」

小皇帝撣了撣袖子，抹了把臉，拎著松鼠從草叢中走了出來。

蘭亭亭看著他如此模樣，滿腦子都是前幾日在龍椅上端坐的身影，怎麼也無法將二者相連。那景元殿寬大得很，殿試時，她幾乎沒抬過頭，再加上全程都是太后在問詢她們，皇上總共也沒說幾句話，怪不得她沒能分辨出皇上的聲音。

蘭亭亭苦笑，連忙跪下行禮。「下官愚鈍，未覺龍威，請陛下責罰！」

小皇帝有些苦惱地皺眉，走到她面前抬了下她行禮的手，示意她起身。「阿蘭女官要忙著去為朕和母后取藥，十分辛苦，是朕打擾了妳。」

這話怎麼聽，蘭亭亭都覺得有些陰陽怪氣，但見小皇帝一臉真誠還帶著些歉意的神情，她又覺得自己以小人之心度君子之腹了，連忙道：「微臣不敢。」

此刻，杵在一旁看戲的孟樂無終於良心發現，發揮了點作用。「陛下，請隨臣前往御藥科主室，臣有事啟奏。」

小皇帝從善如流地點了點頭，將懷中的松鼠遞給了蘭亭亭。「送妳了。確實很可愛，很適合打發時間，可惜不是妳說的那隻大臉貓。」

蘭亭亭一手抱著一隻松鼠，目送他們君臣二人離開，身旁雜草又晃動了一下，只聽「喵嗚」一聲，優雅地走出了那隻她在中秋之夜見過的橘貓。

那貓扭著碩大的屁股，繞過了蘭亭亭，也向御藥科的方向走去。

呂羅衣在偏殿已抄完了整本書的文字，只差十餘幅畫稿還未動工，她揉了揉肩膀，走出屋去找蘭亭亭，卻只見那桌上擺著兩幅草圖，未見人影。

她抬頭看了看快要下山的夕陽，一邊收拾桌上的筆墨，一邊等阿蘭回來。

另一頭，羅遠山在自己的書房忙完了手頭的事情，想起在偏殿的二人，便過來瞧瞧，見只有呂羅衣一人身影，問道：「阿蘭呢？妳們研究得如何了？」

「她許是去藏書閣借書了，還沒回來呢。」呂羅衣一臉尷尬地道：「筆記我已經謄寫完畢了，剩下這地勢畫稿得靠阿蘭來完成。然後明日我們打算先梳理一下手稿中提及的方位，在集市中買來的千岐山地圖上做些標記，但具體的路線，還得到了那邊再根據手稿來核實。」

「她一個人畫這麼多圖？」羅遠山拿起桌上的畫稿看著。「這兩日因皇上蒞臨太醫院之事，大夥兒都忙得要命，明日我再派人來給妳們打打下手。」

「皇上來了？」呂羅衣一臉恍然大悟。「我說怎麼今日院子中如此安靜，許是都去前院迎接了吧。」

「不錯，皇上剛剛離開。」

御藥科主室，羅遠山口中已經離開的皇上，此刻其實正在與孟樂無講話。小皇帝原先是已離開了沒錯，不過轉個巷子，他就命馬車在太醫院後門附近停靠，自己又溜了回去，路過醫士住所時，從屋外晾曬衣服的繩子上順了一套制服，雖然不太合身，但也將就著能掩蓋下身分。

他秘密來找孟樂無，為的是問他太后身體一事。

近日來，太后總以身體抱恙為由拒絕他的請安，眼見她的面色著實差了許多，精神也不比當年，令他不禁憂心。

雖然他從小並不是被太后帶大，母子之間其實有些疏離，但她畢竟是他的親生母親，如若太后身體真的出了問題，他定要想法子將她醫好。

「那三齒噬髓草當真如此厲害？依愛卿所見，對母后的病況可有助益？」小皇帝開門見山。

太后之事，孟樂無已同皇上解釋過許多次，她的身體並無大礙，但皇上卻總不放心，他也不好屢次強調，便順勢回道：「不錯，這藥確實有神效，也的確對太后的身體有所補益。」

「好，孟愛卿，此去尋藥之路勢必艱險，但也務必，不要令朕失望！」

第五章

第二日，羅遠山當真兌現了他的承諾，一下就招來七、八個醫士學徒來幫忙，圍站在偏殿之中，這偏殿本就沒多大點地方，可算是讓他們圍得水洩不通。

蘭亭亭連忙站在木椅之上，招呼道：「哪幾位會臨摹畫稿的？」

四個人舉了手，蘭亭亭指揮他們搬桌椅到園中，幫忙臨摹畫稿，還強調了半天要保護好原稿，不能拓稿。

看著屋中另外三個大漢，蘭亭亭撓了撓頭，想了想道：「你們二人去集市中將所有涉及千岐山脈的地圖啊、遊記的，都各買三本回來。」說完，又指了指離門口最近的那個人。「你去把羅院長和孟大人請過來。」

最後，看著孤零零的一個小醫士，蘭亭亭想了半天也想不出還需要幹什麼，呂羅衣見狀吩咐道：「你去外面監督那些作畫的醫士吧。」

蘭亭亭聽罷，對她豎了個大拇指，呂羅衣不禁笑了出來。

孟樂無進屋後，見到牆上掛著的已然描繪好了陸伏苓遊歷路線的千岐山地圖，有些驚訝。他走近仔細端詳，卻發現許多地方的連線頗為生硬，指著其中一條線道：「這是推測出來的？」

呂羅衣點頭道：「不錯。陸醫師的手稿中許多路線是斷開的，經常在幾日後又提及前幾日去過何地，但詳細的時間卻難以考證，千岐山脈路線冗雜，支路繁多，我與阿蘭只能憑藉她所描述的草藥見聞，到實地再來判斷，此刻只能畫出個大概。」

孟樂無狐疑道：「阿蘭女官，妳在第一次考試時可是描述了詳細的位置，那岩洞的位置可做了標記？」

蘭亭亭心虛道：「原本我以為千岐山脈總共沒幾處溶洞，有天坑的應當更少才對，但沒想到這麼多，總之現在只能確定是這幾處之一。」

她說著，指了指地圖上插旗的幾個位置。

原書中有交代，呂羅衣鎖定的四個地方相距甚遠，所以一行人是兵分四路在找，而其中有一個路線的描寫較為詳盡，因此蘭亭亭鎖定的這三處都在這條路線上。

孟樂無皺眉道：「千岐山脈橫跨多州，而妳所標記的位置，只須從陵州一處進入，若是找錯了地方，那豈不是一個多月時間全都會浪費在這裡？妳到底能不能確定這條路線無誤？」

孟樂無所說的問題，蘭亭亭不是沒有想過，但原書中他們有三個多月的時間可以找，而此刻皇上只給了他們兩個月，人力、物力只得集中，若分散尋找，很可能最後找到了那藥草，也來不及取回。

「其實我也曾和阿蘭提過，我們可以分為幾路，從不同州入山，這樣左右兼顧，幾個路線都可以確認一下，如果事出有變，也來得及靈活應對。」呂羅衣附和道。

「不行。」這回是羅遠山開了口，他從屋外進來，便聽見呂羅衣的提議。「我們出不了這麼多人。」

「不用很多人，一路三、四個人就足夠了。」呂羅衣解釋道。

「一路三、四個人，四路總共要多少人？」羅遠山反問。「千岐山地勢險要，懸崖峭壁多，出事怎麼辦？為取個草藥得這麼多人去，隨時還有可能再少幾個人回來，不行，這賠本的買賣我可不幹！」

「不錯。」蘭亭亭也連忙附和道：「當初陸醫師在千岐山遊歷半年之久，我們此行是帶著目的去的，只能從她的手稿中倒推，沒有工夫沿著她的路線都走一遍。」

她深吸了口氣，緩緩吐出，指著她插在地圖上的小旗子，堅定道：「我確定是這三個位置之一。」

「可……」孟樂無剛一開口，便被屋外傳來的聲音打斷。

「既然阿蘭女官能如此確定，那孟大人不妨且先相信她。」成雲開撳了下衣襬，大步邁入了偏殿，笑道：「若是兩個月後咱們無功而返，反正先砍的也是她的腦袋不是？」

「成大人？」羅遠山大驚，對著一旁的小廝道：「怎麼回事？」

「呵！羅大人先別生氣，下官玩笑話罷了。」成雲開走到那地圖旁邊，笑道：「不如咱們這樣做，呂女官覺得應當兵分幾路，我翰林院可以出人，阿蘭女官認為應當統一從陵州入山，那便由她單帶一路人馬，少的人翰林院補齊。」

「成大人說笑了！」羅遠山沒好氣地開口。「我太醫院就算再不濟，也不至於全仰仗著翰林院。」

成雲開連忙賠笑道：「羅大人可別誤會，下官這也是奉命行事，太后擔心這一路舟車勞頓，命翰林院派人隨行，以便聯絡各州往來事宜。」

一旁的蘭亭亭終於反應過來，插話道：「成大人，下官沒記錯的話，您不是馬上要去東淵出行嗎？所以將會是翰林院的其他大人與我們同行嗎？」

書中，成雲開也參與了他們的尋藥之行，所以當中也出了點岔子，但無論他隨行的目的如何，他也的確幫助了呂羅衣等人取得了三齒噬髓草。這次若他不能去，由其他人代表翰林院，行動自然就更為方便。

此話一出，屋中卻忽然安靜了下來，成雲開皺著眉頭看著她，半晌才輕笑一聲。

「阿蘭女官，不妨仔細看看，這被妳做過諸多標記的地圖，叫什麼名字？」

蘭亭亭見那地圖上抬頭寫著「千岐山脈」四個大字，正欲回答，卻忽然注意到那幾個字前面，蓋了個不大不小的紅章，她靠近一看，正豎排印著「東淵」二字。

在全屋人疑惑的神情中，她的腦海裡忽然浮現出了書中被她遺忘的一段文字——

東淵至東，是為千岐山脈，延綿百里，橫跨數州，山頂常年冰封，唯春夏宜往矣。

爭執到了最後，羅遠山一拍板，最終定下來兩支隊伍。

一支由蘭亭亭領隊，成雲開隨行，太醫院派出兩名醫士，其餘人員由翰林院補齊；另一支則由孟樂無領隊，呂羅衣隨行，翰林院派出兩人，其餘皆為太醫院醫士。

蘭亭亭旁敲側擊了幾次想要跟呂羅衣同行，都被羅遠山和孟樂無以諸多理由無情回絕。

她看著一旁揚眉喝茶，一副看戲模樣的成雲開，覺得自己羊入虎口，此行危矣。

又忙活了幾日，羅遠山挑了個黃道吉日，滿意地看著天上晴空萬里，在太醫院門口揮別了這一行三十餘人。

雖說是兵分兩路，但在入山之前，所有人仍舊是一起同行，從京城到東淵的路大約要走上五、六日，每天在車馬上的時間占了大半。

呂羅衣一路上仍舊捧著謄寫好的手稿，仔細研究著陸伏苓的行程，在千岐山的不同上山入口處做滿了標記。蘭亭亭則懨懨地在車上睡覺，她全部能記起的關於千岐山上草藥的內容，早已在出發前便都掏空了，此刻已是聽天由命，無暇顧及其他，就等著兵來將擋，水來土掩了。

她有點認床，每在一處客棧歇腳都難以睡好，在馬車上自然睏得厲害，經常隨著馬車的顛簸頻頻點著頭。

五日後，他們終於到達了東淵最西側的小鎮喬莊，再往東，他們的路線便全然不同了。蘭亭亭將按照她原本的計劃從陵州入山，依次前往她標記的三個溶洞，而呂羅衣則選擇南下，從瓊陽入山，一路途經三處山嶺，也標記了三個溶洞。

喬莊一別後，蘭亭亭不知為何反而不再困頓，在馬車上顛簸時反而興奮了起來。她兀自翻看著手稿，試圖從中再找尋一些能印證她想法的詞句、畫稿，這時少了呂羅衣相伴，馬車中便只有她和成雲開二人，著實無趣得很。
自從進了東淵，成雲開的話一下子少了許多，不再像來時路上，在蘭亭亭困頓之時總故意與她講話。此刻，倒像是角色反轉過來，蘭亭亭來了精神，既然他之前不讓她睡個好覺，那他此刻也別想好好休整。
她看著成雲開閉目養神的樣子，開口道：「成大人，下官有不懂之事欲向您請教。」
成雲開沒打算睜眼，冷著臉淡淡道：「何事？」
「成大人可曾來過東淵？」蘭亭亭一副好奇的模樣道：「此處地圖下官怎麼也看不明白，請大人幫忙查閱。」
成雲開這才不情不願地睜了眼，但卻沒去看那地圖，不悅道：「妳把我當嚮導？」
「來的路上可是大人您說的，到了便立即上山，我這不得提前做好準備？」蘭亭亭頗為委屈地解釋，又做出一副關懷備至的模樣，上前問道：「我看您這一路上也沒怎麼休息好，不如咱們到了就先休整一天，第二日再行出發？」
成雲開瞥了她一眼，忽然冷笑了一聲。「不必。倒是阿蘭女官今兒個氣色不錯，前幾日看來休息得很好，那我倒也有幾件事情，想問問妳了。」

前幾日蘭亭亭都是藉著困頓之名，敷衍地回答著成雲開對她過去的問詢，不知此人是從哪裡得知了什麼消息，一路上對她的過去似乎分外感興趣，此刻被他反將一軍，蘭亭亭連忙閉嘴。而成雲開卻沒有停下來的意思，緊接著開口道：「泉州我也去過幾次，不知阿蘭姑娘可有印象見過在下？」

蘭亭亭乾笑道：「大人定是去到城裡熱鬧的地方，阿蘭自小在村子裡長大，過去怕是無緣與大人相見。」

「哦？」成雲開合上了雙目，仍兀自說著。「可巧了。我去的那幾次，都是去村子裡治水，前兩年泉州水患似乎是殃及了不少村落，不知妳的家鄉可有受災？」

前幾年的事她哪裡知道？不過成雲開如此說，定是想讓她受了他的恩惠，蘭亭亭一副了然的神情，順勢誠懇道：「自然也逃不過天災，原來當年是大人英明決斷，治理了水災，才讓村民百姓有了活路，真是再世菩薩，下官不敢忘懷大人救命之恩。」

成雲開雖閉著眼睛，但聽她這一套一套的說辭，腦海中也浮現出了蘭亭亭浮誇的表情，本就有些隱隱的頭痛，被她說得更為煩躁。他嫌棄地皺了皺眉，沒再開口。

蘭亭亭見他沒了動靜，以為他是對她的恭維大為滿意。

半晌，卻又聽到成雲開忽然想起什麼似的，狐疑道：「時間久了，我似乎是記錯了，有水患的當是陵州，不是泉州啊……這阿蘭女官所說的救命恩人，可不知道是哪位大人？」

蘭亭亭看著他憋笑的嘴角，氣得直翻白眼，彷彿看到他身後的狐狸尾巴招搖地在她面前肆意搖擺著，她當即決定，在到陵州之前，不再同他講一句廢話。

七王爺贈與的千里馬自然不同凡響，不到一日的時間，他們便到達了陵州府，成雲開先下了車，與在門口迎接的陵州知府攀談了幾句，便被拉入府中以晚宴相迎。

蘭亭亭下車之後只見到了他一個人的背影，雖然此人一路上都在套她的話可惡得很，但不得不說，在陵州知府肥碩的身軀映襯下，他連背影都如此風姿卓絕，老天爺還真是不公平！

接風洗塵的晚宴十分無聊，陵州知府一邊謝著兩年前成雲開治水之事，一邊又頻頻敬著酒，不過好在蘭亭亭與這位大人沒什麼前緣，他來敬了兩次酒便滿眼都是他的成大人了，她這才得以脫身，到院子裡透透氣。

陵州的天空比京城更藍些，星星似乎離地面近得很，彷彿一伸手就能摘下來。

聽著外面清脆的鳥鳴聲，她的心情也舒展了些許，她踩著輕快的腳步，沿著府中的牆走著，臉上因喝過酒而染上紅暈。

蘭亭亭很討厭酒局，以前工作的時候不得不參與一些應酬，她討厭那些人身上菸酒夾雜的氣味，每次都會被熏得得到外面透氣，但透氣過後，卻又不得不笑臉相迎地說著違心的話，她很討厭那樣的自己，但為了自保，又不得不如此。

所以當她在外面溜達許久又不自覺地轉回晚宴門口，看到滿身酒氣、步履有些蹣跚的成雲開時，除了厭惡，還有一些同情。

她遠遠地看著他孤獨的背影，嘆了口氣，正欲走上前去，卻見他後面跟上了兩個小廝。

那兩人上前扶住了他，他看似有些不滿地甩開了他們，穩了穩身形，同他們講了幾句話。蘭亭亭離得太遠，他聲音又不大，什麼也聽不清。

成雲開趕走了他們，又繼續往前走，那兩個小廝回了身，迎面朝蘭亭亭走過來，和她擦身而過。

還來不及看清那二人是誰，突然聽到前面「咚」的一聲，蘭亭亭看都沒看就猜到發生了什麼。

成雲開這一路走得實在不易，十幾公尺的路被他走出了十幾里的風采。終於在臨近尾聲時，撲通一下撞破了終點線。

陵州知府特意為他安排了這間最好的客房，可惜忽略一個平日裡不太重要的問題，這間房子防雨的效果極佳，所以它的門檻比一般房間要高。

蘭亭亭不急不緩地走到了客房門前，成雲開已然摸黑爬起來將自己扔到了床上。見他沒什麼大礙，蘭亭亭正欲輕輕將門帶上，屋裡卻忽然有了響動，她似乎聽到了一聲呢喃的「對不起」。

她又將門推開，只見成雲開趴在床上，臉頰通紅，睫毛微顫，眼角有些濕潤，他半張著嘴，費力地喘著氣。眉頭緊皺，身體有些微顫，似乎是夢到了什麼可怕的事情，時不時發出些許聲響。

蘭亭亭俯身在一旁聽了半天，除了方才那聲對不起，什麼也聽不清。

她想了想，還是決定將他翻過身來，如此趴著睡覺，明早定然不會好過。蘭亭亭搖了搖頭，無奈地想著，也不知道明日他能否酒醒，會不會影響他們的出行。

喝醉的人比平日沉了許多，蘭亭亭費了老鼻子勁才把成雲開翻了個身，仰頭躺在床上，她累得坐在床上喘氣，忍不住抬手給了他的胸口一巴掌。

坐了半晌，給他蓋上了薄被，蘭亭亭起身，卻聽床上的人迷糊地開口。「阿蘭？」

蘭亭亭回頭，見他睜了眼，撐著床鋪坐了起來，月光落入他的眸中，他眼神清明起來，神情嚴肅道：「妳怎麼在這兒？不是說過，沒我的允許，不許進我的屋中嗎？」

蘭亭亭的火蹭一下就冒了起來，且不說他從未說過，說得好像她多想管他的事一樣，她哼了一聲，道：「是我多管閒事了！」

說罷，直接甩門離開。

成雲開這才徹底清醒，方才喝得急了，他當真有些醉了，竟還以為自己仍在上一世。他本就不善飲酒，上一世千杯不醉的酒量，也是跟著七王爺練出來的，今日一時興起，倒忘了現在的身體還不勝酒力。

他揉了揉暈眩的額角，看著緊閉的房門，自嘲地笑了下，捶捶憋悶的胸口，翻個身又躺了下來，滿腦子都是一個疑問，她究竟是誰？

翌日清晨，蘭亭亭因前一晚睡得沈，起得晚些，迅速收拾好東西，連忙出了屋，卻見成雲開負手而立，站在屋外，對她笑著。

蘭亭亭不知他還記不記得前一晚將她轟出了房間，她偷偷翻了個白眼，行禮道：「成大人起得真早，昨日定然休整得不錯吧！」

成雲開自然聽得出她在挖苦他，自覺理虧，抬手扶額，做出痛苦狀道：「前一晚喝多了些，頭痛得厲害，比不得阿蘭女官今日神采奕奕，精神煥發。」

蘭亭亭哼了一聲，沒有回應。

成雲開又道：「阿蘭女官自然不會同一個酒鬼計較，對嗎？」

蘭亭亭聽他絮絮叨叨說了半天，這時才注意到他眼白充血，眼下一圈淡淡的青黑，臉色的確不太好，一副宿醉的模樣，心裡略有同情，神色便稍見和緩，不與他計較了。

「今日便要出發入山了，希望大人保重身體，能禁受得住這千岐山的風雨。」她說罷，便向府外走去。

成雲開連忙跟上一步，順口聊道：「千岐山上天氣變化無常，陵州知府替我尋了兩個當地的嚮導，他們經常上山採藥伐樹，對這一區的山路較為熟悉，我已讓他們在府外候著了。」

兩位當地嚮導正在馬車旁等候著他們，一男一女，是對兄妹。

男人名叫長貴，個頭不矮，約到成雲開的眉間，五大三粗的模樣，對他們熱烈招呼著；女人叫長英，也是瘦瘦高高的樣子，比蘭亭亭高了一拳有餘，卻是臉色蒼白，神情淡漠，見他們過來，只是微微欠身行禮。

蘭亭亭覺得有些熟悉，同他們寒暄了兩句才回想起來，他們便是昨夜小路上想扶成雲開進屋，卻被他趕走的那兩個小廝。蘭亭亭瞬間對他們生出了一絲同病相憐的好感，關切道：「你們平日也在陵州府中履職嗎？」

長貴道：「回女官大人，我們兄妹住在千岐山李家村，離這二十里路，不算太遠，陵州府上的蔬菜皆是從我們李家村運送而來，所以我們也勉強算得上在這裡有份差事。」

「你們在山上種菜嗎？」蘭亭亭好奇道。

長貴笑道：「大人一看就沒怎麼來過地裡，那自然不是。但我們會在山上挖挖蘑菇，找找草藥，再轉賣給城裡收這些的食鋪、藥館，賺些散碎銀子。」

成雲開問道：「你可見過什麼藥草？」

長貴不好意思地笑道：「我哪兒知道它們叫啥，只知道長啥模樣，有的能催吐，有的能止血，都是撿回來聽藥館裡的夥計說的。」

蘭亭亭內心附和，這已經比她厲害多了，她單是背下來那些藥有何用法，卻壓根兒不知道他們長什麼模樣，就算是三齒噬髓草，她也只知道這草藥葉瓣邊緣發紅，散發異香，真要是見到，也還不一定能認得出來。

蘭亭亭笑道：「地圖看過了嗎？今日咱們先去最近的那個溶洞吧，你們可曾去過？」

長貴指了指一旁的醫士回道：「剛才那位大人已經給我看過了，千岐山的溶洞可以說三步一小個，五步一大個，我看了那圖上的位置，去是沒去過，但大概知道怎麼過去，那邊背陰，地上沒長什麼東西，光禿禿的，大人若是去那兒採藥啊，我估計可能要白走一遭了！」

成雲開側頭看了看遠方的群山，笑道：「沒事，反正還有的是時間。」

長貴點了點頭，從一旁的馬廄拉來兩匹馬，環顧四周後，問道：「各位大人的馬可都備好了？」

蘭亭亭指著旁邊幾輛馬車，反問道：「不就在那兒嗎？」

長貴撓了撓頭，有些為難。

「大人得先隨小的到我們村子，然後走村後面的小路上去，但陵州到我們那兒的路，怕是坐不了馬車，只能用走的或者騎馬。」

走是不可能走的，這二十里路還有一半算是山路，走到了蘭亭亭也就基本上爬不了山了，但是馬她更不敢騎，正欲開口拒絕，卻聽成雲開一邊吩咐他的手下，一邊道：

「這個好說，十匹馬可夠？太醫院可有醫士不會騎馬？」

蘭亭亭內心急喊著，快舉手，快點來個人舉手！結果自然無事發生，唯二的兩位醫士都善解人意地搖了搖頭。

蘭亭亭內心掙扎了片刻，終於下定決心，走到成雲開身側，低聲道：「成大人——」

話還未說，便被他打斷道：「聽聞泉州人皆習得一身好騎術，不知今日可否有幸見到？」

蘭亭亭乾笑兩聲，心虛道：「大人抬舉了，下官可能是個例外。」

成雲開又道：「那著實有些遺憾了，既然如此，阿蘭女官可否介意與在下同乘一騎？」

介意！相當的介意！

但即使真心話是如此，蘭亭亭面上卻只能不好意思地賠著笑，禮貌婉拒。

「男女授受不親，還是不麻煩成大人了。」說罷，她灰溜溜地走到長英的身旁，問道：「長英姑娘，妳能否將我捎上？我平衡能力很強的，一定不會掉下去！」

長英見她過來，神色突然有些慌亂，她似乎不是很喜歡與生人靠近。

她皺起了眉頭，看了眼長貴，猶豫了一下，舒了口氣才道：「好。」說罷，翻身上馬，對蘭亭亭伸出了手。

蘭亭亭握著她的手，扶著馬背，踩著腳蹬，終於騎了上去。她有些害怕，手心滲出汗來，不好意思地收回手，在衣角抹了抹。

長英見她如此，眉頭更皺緊了些。「扶好。」

蘭亭亭連忙照做。

在長貴的一聲揚鞭下，十幾匹馬一同出發，蘭亭亭頭一次坐在這麼高的馬上，視線隨著牠的奔騰而上下起伏。

她緊緊摟著長英的腰，兩人貼得很近，她似乎聞到了長英身上散發出來的淡淡香氣，有些熟悉，像是某種花的氣味，然後飛快地，便被揚起的煙塵替代，空氣中只剩塵土的氣息。

到了李家村，一行人拴好了馬，整理了行李，帶上了入山一個月必備的乾糧，輕裝上陣，一路直入千岐山。

從陵州入山，北邊能見到的最高峰為夜望峰，南邊緊挨著的是青玄峰。這是他們能徒步行進的最遠範圍，若要翻越這兩座山峰中任何一座，沒有三個月是回不到陵州的。

蘭亭亭在地圖上所畫的三個標記，也正在這兩座山峰之間。

書中對千岐山的描寫多為植被茂密，鳥獸甚多，走在山上可以聽到各種鳥兒的鳴啼，但此刻，他們走了一天，路上卻安靜得很，四周僅是些滑落的滾石，鮮少有綠色的植被。蘭亭亭的內心越來越不安起來，她緊跟著長貴，走在隊伍最前面，彷彿有用不完的力氣。

就這樣走了三日，他們找到了陸伏苓手稿中的一處小溪，沿著溪水一路又向上爬，蘭亭亭卻漸漸沒了力氣，只得在隊伍的中後段遊走。

隨隊的醫士時常在附近觀察植被，偶爾採幾株藥草，蘭亭亭前幾日光顧著前進，卻沒注意，此刻看到了，不禁好奇地問：「這是在做什麼？」

醫士將一株濃密而細長的枝葉掐了下來，遞到蘭亭亭的面前。

「陸醫師書中從未提及過這裡還有川芎，一路上越來越多，我採了一些，以防之後有人受傷，還能止血鎮痛。」

蘭亭亭仔細觀察著那藥草，也掐了兩株揣進懷裡，這一耽擱，已然到了隊伍的末端，卻沒想到見到了吊車尾的成雲開。

他正扶著一旁的細枝休息，額上一層薄汗。蘭亭亭忽然來了興致，便對他道：「成大人看來平日也鮮少出遠門呀。今日太陽快要下山了，不如我讓長貴先停下休憩一陣？」

成雲開臉色發青，唇色淺淡，似是因海拔變高而有些缺氧，但他卻挺直著腰板，推了下旁邊的石塊，穩住了身形，走了過來。

「阿蘭女官有空關心在下，不如再好好看看地圖。這一路的景象，我看都與陸醫師的記載大相徑庭，別是找錯了地方，小心無功而返。」

他的話一語中的，蘭亭亭又怎麼不擔心？她比這行人中任何一位的焦慮都更甚。

自入山那日起，每天晚上他們都會選取一處山洞落腳，有時早些生火做飯，有時來不及便吃點冷食，到了洞中倒頭就睡。而蘭亭亭卻睡不著，她總在半夜偷偷出來，頂著月光，翻看陸伏苓的筆記。

陸伏苓此人著實奇怪，她所去的地方雖都有記載，卻並非按照常人上山的路線，經常剛走過北方的一個山頭，過幾日又出現在了南方的一處山脊，頻繁往返於各峰之間。

蘭亭亭跟在成雲開的身後，開始回想這三處溶洞當初是如何被她敲定的。

她之所以標出這三個地方，全憑書中呂羅衣發現神草的最終位置旁，有一片沿著洞口向上攀爬生長的紫藤林，而這幾個溶洞皆在山谷之中，一旁淌著溪流，曬得到陽光，是紫藤花最易生長的地方。

紫藤！對，她當初在卷紙上寫下了這個標記。

等等，蘭亭亭忽然發現一個問題。

紫藤只在春天開花，而此刻，卻是前一年的秋日，這樣一來，就算她路過那個正確的溶洞，但標誌性的紫藤花還沒來得及生長，她又如何能從光禿禿的藤條模樣分辨出它？

第一個溶洞在山脊之中，蘭亭亭遠遠便望見了它。

太陽剛升到正中，卻被烏雲遮住了光芒，天色有些陰沈，時不時掉下幾滴雨點，從他們所在的位置到達那裡需要涉過一條頗為湍急的溪流，不遠處是個斷崖，瀑布傾瀉而下，正嘩啦啦地發出清脆的聲響。

溪流有些寬，十幾公尺的樣子，最深處能淹到膝蓋，蘭亭亭從旁邊折了一根朽木，半人多長，剛好能杵著地面過河。

成雲開命人找石頭和浮木造出了一條小路，不太穩，但也勉強能走人。他率先過了河，在對岸等著來人。

其他人三五成群地結伴而過，蘭亭亭也撿了根長枝給長英，自己小心翼翼地跟在她的身後。

剛走到溪中時，浮木的跨度有些大，連接的繩子不太穩定，又忽然颳起了一陣風，蘭亭亭連忙杵著木棍站穩，卻聽見長英在前面尖叫一聲，她抬頭只見溪流上漂著一個牛皮袋子，向懸崖處奔去！

她認得那個袋子，出發前因天氣陰晴不定，長貴為每個人都準備了防雨的牛皮袋子，可以用來裝乾糧和筆墨。

蘭亭亭將之前謄寫的陸伏苓手稿放在袋子中，一直揣在懷裡。長英並不需要帶什麼紙筆一類易濕的東西，想必裡面僅是些乾糧罷了，她正欲開口安慰長英，反正過去後她可以將自己的乾糧分她一半，但話還沒說，卻見她一個健步便邁入了湍流之中。

溪水淹沒了長英的大腿，雨忽然變大，密密麻麻地砸了下來，河流歡呼著迎接它們的到來，浸濕了長英的下衫，她卻並不在意，朝著那牛皮袋子艱難地邁去。

蘭亭亭停下了腳步對她喊了幾聲，她卻置若罔聞。

那袋子將將要順著溪流漂到懸崖旁邊，長英伸出了長棍，俯下身去試圖將它勾回來，卻一個不穩摔了出去，她本能地用手撐住了身體，長棍脫了手，以飛快的速度在牛皮袋旁滑過，率先掉下了懸崖，連聲響都未發出。

長英倒在了水中，嗆了兩口水，她掙扎著站起來，又朝那袋子奔去，卻再難站穩，只踉踉蹌蹌地向前帶了幾步，她一咬牙，向前一撲，終於搆到了袋子。她長舒一口氣，此時卻發現周圍被溪水淹沒，她已然看不清其他，掙扎著試圖抓住些什麼，卻是徒勞，水從四面八方湧來，湧入了她的口鼻。

長英高舉著那袋子，閉上了眼，突然一隻手握住了她高舉的手腕，長英掙扎著浮出水面，見蘭亭亭皺著眉頭，緊張地對著她喊話，長英急著想讓她把袋子拿走，但張口卻發不出聲響。

蘭亭亭緊握著她的手，腰上纏著繩子，方才情急之下她撈起腳下綁著浮木的繩索，做了個活結，讓其他人在旁邊穩著她的身形。她試圖將她拉回去，卻發現自己沒有足夠的力量，只得試圖叫醒長英，讓她自己站起來。

雨越下越大，砸在蘭亭亭的身上，她的外衫已然濕透，耳邊只有水的聲音和她自己的叫喊聲，她慢慢向後撤步，腳下布滿了鵝卵石，每走一步都冒著一同被沖走的風險，但她卻顧不得那麼多，至少現在，她沒法眼睜睜地看著長英喪命。

蘭亭亭越往後撤，受到水的衝擊越強，她突然腳下一滑，踩了空，滑出去前她用盡全身的力氣將長英拉入懷裡，試圖讓她也能搆到那繩索。

被水籠罩的感覺沒有降臨，蘭亭亭感覺到有人扶住了她的腰，從腋窩處架起了她的胳膊，她沒法回頭看是誰救了她，只知道雙手死死的抓緊了長英，然後，看著眼前的懸崖離她越行越遠。

似乎過了許久，雨都停了，她才終於被拖上了岸，難免嗆了幾口水，她咳了半晌，終於緩了過來，披著旁人遞來的外衫，四處尋找著長英的身影，終於在岸邊更遠處見到了她。

她安靜地躺在地上，手裡還緊緊地握著牛皮袋子，周圍圍著兩個醫士，她連忙跑過去問：「她怎麼樣了？」

診脈的醫士回道：「方才已咳出了水來，得找個暖和的地方為她換身衣服。」他說罷，又看了眼蘭亭亭道：「妳也是。」

另一個醫士又道：「成大人也是。」

成大人？

蘭亭亭順著他的目光，看到了在岸邊站著擰水的成雲開，他難得也是一身狼狽的模樣，衣服縐巴巴的，還有幾處劃破了，黑色的褲腳有一處劃痕有些發亮。

她意識到發生了什麼，連忙說道：「多謝成大人救命之恩！」

成雲開扭頭看著她雜亂的髮髻，抬手將她披的外衫裹得更緊些，皺著眉道：「妳是幹什麼來的？」

蘭亭亭被這話問得有點懵，怔怔道：「來採藥啊。」

「妳還知道不是來送死的？」成雲開沒好氣道：「這一隊人裡，任何人都可以死，妳不可以，因為只有妳才能找到藥草回去覆命，遇上這樣的事，還輪不到妳來逞英雄！」

蘭亭亭也是一肚子的氣，方才她在那兒做活結的時候，也沒看見有人上前幫忙，現在他憑什麼來訓她？

她不甘示弱地回嗆道：「若不是我逞英雄，長英已經掉下懸崖摔死了，成大人嘴皮子索利，動作卻是慢得很！」

一旁的醫士有些看不下去，打斷道：「二位大人要不先停停，先找個地方生火烤烤衣服，到了那兒再接著吵？」

蘭亭亭正想回他，開口卻打了個噴嚏。

「前面就有個山洞可以休息。」成雲開雖是回覆那醫士，卻是對著蘭亭亭說話。

「方才我先過河去前面察看了下情況，那裡可以落腳。」

山洞倒是挺大的，大家脫了潮濕的外衫，晾在石頭上，幾個人在一旁生火，剛下過雨，外面的木頭都潮得厲害，打火石之前放在牛皮袋子裡，現在勉強燒了些廢紙，生起了火。

成雲開命人用衣服架起簾子，隔開了兩個空間，蘭亭亭在有火的那邊為長英換下衣衫。幸而他們還多帶了幾套衣服，有這火烤著，還不至於染了風寒。

她拿著換下來的衣服，擰乾後烤了烤火，緊接著為長英擦臉、擦身，擦到耳側時，她突然覺得長英的狀態有些奇怪，臉頰像是有些起皮，她忍不住倒抽了口氣。

「妳的臉……」

她剛伸手，還沒摸到長英的臉上，便聽到一陣腳步聲，長貴跑了過來，匆忙道：「大人別碰！我家妹子臉上有癬，怕傳染給您！她怕人看見，找人給弄了個面具，我來弄吧，您到外面歇會兒。」

蘭亭亭看了眼長英，她正皺著眉，口中喃喃著什麼，似要醒來，便從善如流地站起了身。

「將那面具取下來吧，沾了水，不能漚著，需要什麼藥草可以跟我們說。」她還學藝不精，沒法給長英看病，但那兩個醫士應當見過。

長貴擺了擺手道：「我們過得糙，沒啥事，大人且先歇著，她醒了我再知會你們。」

方才她在裡面為長英換衣服的空檔，外面也生起了火，她繞過簾子想找醫士問問癬的事情，卻見那兩個醫士正在成雲開的旁邊蹙眉討論著什麼，成雲開的褲腳掀了起來，她這才看見他不只劃破了褲腳，還劃傷了腳踝。

「方才傷的嗎？」她的語氣柔和下來。

成雲開拿過一旁的布條，兀自將那傷處綁緊，回道：「沒事，不深，不影響繼續趕路。」

蘭亭亭回想起方才在溪流中時，她是因為一旁有個粗枝改變了鵝卵石的走向才沒站穩，想必成雲開便是撈起她時劃傷了腳踝，她忍不住有些愧疚。「我不知道你之前是去前面探路了，總之還是謝謝成大人了。」

成雲開本來神色不悅，但聽她如此說，扭過頭去輕哼一聲。

「阿蘭女官。」那兩位醫士商量了許久似是終於有了一致的答案，上前低聲問道：「成大人的傷口方才我們已經為他上了金瘡藥，但他不願意在此處多做休息，還想繼續趕路，我怕傷口感染，要不妳再同他說說？」

蘭亭亭點了點頭，看著已經站起身來來回走動的成雲開，試探性地問道：「這傷在腿上，山路並不好走，要不還是歇息一日？」

成雲開的臉皺成了一團，似乎蘭亭亭說了什麼極大的笑話。「腦袋重要還是腿重要？」

蘭亭亭被這問題問得一愣，但也不多說，只是「哦」了一聲。

他說得雖然不太對，但那畢竟是他自己的腿，他說沒問題，那自然就沒問題。都是成年人了，還用不著她來擔心。

蘭亭亭回身離開，又探頭看了看長英，見她還未醒來，便到一旁坐下，掏出了懷中的牛皮袋子，翻出當中的筆記。

還好，許是放在胸口捂緊了的緣故，筆記沒有被水浸泡，只是有點受潮，不仔細看，沒有什麼異常。

她又開始抱起陸伏苓的筆記仔細察看，試圖翻找到關於這條路的資訊，翻到當中一頁時，她忽然背後一涼，這筆記，怎麼會有缺頁?!

蘭亭亭又將那筆記從頭到尾順了一遍，頁數正好，並非有人偷拿，但在七十二頁與七十三頁之間的確少了些什麼，雖然話能連在一起，但是地點不對，前一天陸醫師還在這裡，僅一日的行程，她不可能直接翻過夜望山到了朝陽那邊。

要麼是陸伏苓記錯了日子，要麼這手稿有缺頁。

若是手稿有缺頁，那是羅遠山將它藏了起來？他完全可以不將這手稿拿出來，他藏起來是為了什麼？若不是他，那又是誰？陸伏苓？她既然寫了下來，又為何將它藏起來？

還是說，這幾頁才是缺失的關鍵，有人在羅遠山拿到這手稿前，將這關鍵的幾頁盜走了，所以這麼多年來他才未找到那藥草。

那幾頁若真的這麼關鍵，現在豈不是已經有人找到過藥草的位置，他們此行再去，可還能有所收穫？

蘭亭亭手心攥滿了汗，她有些惶恐，但是更重要的是興奮，因為這缺失的幾頁前面所描繪的位置，便是這第一個溶洞的前方。陸伏苓也淌過這條溪流，雖然她走時這不過是條能一步跨過的小溪，但至少證明，他們沒有找錯方位。

想得專注，長貴忽然出現在她的面前，她都沒有發現。

「長英醒了。」

蘭亭亭收好了筆記，起身繞過了衣服掛的簾子，見長英已經坐起身，臉上的面具又被重新黏好，正喝著醫士遞去的熱水。
蘭亭亭關心道：「感覺如何了？」
長英垂著頭，沈沈道：「多謝阿蘭女官以命相救。」
蘭亭亭呵呵一笑，坐在她的身旁，指了指她身旁的牛皮袋，好奇問道：「這裡面到底有什麼寶貝，值得妳拚了命的要拿回來？」
長英將那牛皮袋子往身側塞了塞，回道：「是家母的遺物。」
「原來如此。」蘭亭亭理解地點了點頭。「的確是應當保管好，但是也不該為此涉險，妳母親若是在天有靈，定然希望妳能夠好好生活，平安地過一輩子。」
「妳不理解。」長英小聲道：「有些東西比活著更重要。」
蘭亭亭皺了皺眉，無奈道：「但是若妳死了，妳手裡的東西也定然留不住，到頭來不過一場空。」
「大人不要見怪，我這妹子固執得厲害，與她說不通的！」一旁的長貴見她們聊的話題有些沈重，連忙道：「我剛看了看，外面已經放晴了，今兒個咱們是在這兒歇腳，還是直接上去呀？」
蘭亭亭也走到山洞口往山上望了望，那洞口已近在咫尺，她問道：「若現在上去，還要多久才到？」

長貴估算了下時辰道：「酉時差不多就能到。」

成雲開此時過來了，聽見了他們二人的對話，對蘭亭亭點了點頭。

蘭亭亭回頭看了眼長英，又道：「那讓長英和一位醫士留在這裡，其他人一同上山吧。」

成雲開打量了下那細皮嫩肉的小醫士，不放心地又留了兩個翰林院的人手。「我們先上去察看，明日午時如果還沒有下來，你們便沿著這條路上去。」

因為山腰留了人，他們只帶了三天的乾糧輕裝上陣。正如長貴估計的那樣，一個時辰左右，他們便到了溶洞口，蘭亭亭繞著洞口轉了一周，沒看見什麼長藤，只有方才下雨打落的落葉，她的心中又有些不安。

那洞口不過兩、三公尺寬，也就兩人多高，但內裡卻縱深了幾百公尺，裡面昏暗陰沈，潮氣撲面，他們的火把滅了三次，不得不到外面重新打算。

「長貴，千岐山的溶洞你可曾去過一二？」成雲開問道。

長貴點了點頭道：「過去我們是摸黑進去，裡面一般都會有通天的洞，外面的光線能照進來，這樣火把也能點著。但我去的都是有老人帶著走的路，這個溶洞看起來沒什麼人進去過，不好說是不是封死的。」

蘭亭亭在一旁想了想，頗為堅定地開口道：「咱們每次都是走到洞裡面的拐角處，火把就滅了，這回不如備兩個火把，其中一個用點火油，在拐角的地方將火把扔進去，探個亮，看看那邊的路怎麼走，如果不深，就摸黑再走下去試試。」

他們又盤算了一下，見太陽將要下山，的確沒想到更好的方法，便準備按照蘭亭亭的意思先試一試。

一行人進入溶洞，走到了拐角處後，長貴對蘭亭亭點了點頭，上前一步，將火把向前一拋，火光瞬間照亮前路，但隨著火把落地，前面的路又回歸了黑暗。

靠著那短暫的照明，蘭亭亭已看到那條路的盡頭，又是一處拐角，分出兩條岔路，她正琢磨著先走哪條，隱約卻聽見從深處發出一陣陣響動。

長貴高呼一聲。「是蝙蝠！快趴下！」

蘭亭亭還沒反應過來，便被成雲開按下了頭，待這一陣可怕的聲響掠過頭頂，他們才緩緩起了身。她心有餘悸，見成雲開扶著洞壁踉蹌了一下，連忙低頭想檢查下他的腳踝，卻被他拿外衫擋住。

「我看清了。」他指了指拐角處的路。「還有十多公尺到盡頭，蝙蝠是從左邊飛過來的，那裡應該更加陰冷，所以咱們應當走右邊那條路。」

「好！」長貴應得爽快。「我走前面。」說罷吹滅了火把，別在腰間，摸著右側的洞壁向前走去。

成雲開跟在他的身後，蘭亭亭和太醫院的醫士也緊隨其後，拐角處留了兩個翰林院的人，舉著兩個火把，盡其所能為他們照亮四周。但一轉過了彎，這火光便越發暗淡，只幾公尺的路，光明便被他們留在了身後，眼前已伸手不見五指。

因為下雨的緣故，四處難免都有潮濕積水，蘭亭亭聽著耳畔空洞的水聲，感覺到這洞中極為寬闊，外頭的崖壁上應當長著許多三齒噬髓草，雖然採集起來不太方便，但幸而他們備齊了工具。

走了不多會兒，便聽領頭的長貴大聲道：「有光！」

蘭亭亭睜開瞇起的眼睛，的確在路的盡頭，看到了些許光亮，她興奮地一下子衝到了最前面。

路的盡頭是一個很小的洞口，也就半人多高，依次過去，前方豁然開朗，正如蘭亭亭所想的那樣寬闊，那樣明亮，但不同的是，這溶洞中的崖壁上分外光滑，連根細枝都沒有，更別說什麼三齒噬髓草了。

「仔細找找。」蘭亭亭環顧四周，指著崖壁上幾處黝黑的山洞道：「那裡面也得檢查一下。」為了行動方便，她入山後一直身著束身的男裝。

蘭亭亭瞄上了一處崖壁上的陰影，那裡應當還有條路，不過上去有些艱難，她在側面找到了一條崎嶇的窄路，但崖壁光滑，很難扶穩，她嘗試了兩次都只爬到半人高便滑了下來。

她回頭看去，想要求助，卻見長貴已然爬到對面的崖壁上同小醫士在翻找那裡的崖洞，只剩成雲開站在她的身側，對她歪著頭笑著。「看來阿蘭女官也不是什麼事都能做到呀！」

蘭亭亭訕訕一笑，卻見成雲開身手不錯的樣子幾步便爬了上去，向裡探了幾下，半天沒有聲響。蘭亭亭有些著急，喚他將自己也拉上去看看。

成雲開俯下身向她伸出了手，她握緊這雙有些冰冷濕涼的手，卻沒由來的分外信任他。一個挺身，她終於上到那崖洞口，當中昏黑得厲害，她將身後揹的火把拿了出來，點上了火，向裡探去。

裡面發出了些嘶啦嘶啦的響聲，蘭亭亭側耳聽去，這聲響越來越大，她連忙後撤半步，只見一條胳膊粗的蟒蛇探出了頭，牠的舌尖上下試探著，但眼睛卻蒙上了一片霧。

蘭亭亭嚇得忍不住驚呼了一聲，那蛇聽得清晰，立馬回過頭來，瞄準了她的位置，向她衝去。

成雲開從她手中搶過火把，朝那蛇揮舞了幾下，對方卻絲毫沒有後退的意思，反而向他們衝得更猛。成雲開見狀上前一步，用火把狠狠地打在牠的七寸之上，那蛇發出一聲哀鳴，掙扎著從崖洞口滾落到外面。

蘭亭亭剛鬆下一口氣，卻見成雲開腳下一滑，人也軟了下來，閉著眼睛向那洞口處倒去，她想都沒想便衝上前去，一把拉住了他的手腕。

「成大人！醒醒！」

那洞口竟是向下縱深的，蘭亭亭死死地拉著他，但崖洞外側太過光滑，她根本找不到著力點，隱約聽到長貴和小醫士的呼喊聲越來越近，蘭亭亭用腳勾著崖壁，幾乎沒了力氣。

人昏沈的時候彷彿比平日更重些，等不到長貴等人來救，蘭亭亭腳下一鬆，也跟著成雲開，從那洞口滑了下去。

臨昏過去前，她彷彿又聽到了那蛇發出的嘶啦嘶啦的響聲……

第六章

不知過了多久，再醒來時，天已全黑，蘭亭亭揉了揉腦袋，一時弄不清自己身在何方，只看到自己四肢磕得紅腫，好一會兒後，她才意識到自己在一處山洞中，旁邊還生著火，身上披著一件熟悉的外衫。

她四處看去，卻沒找到成雲開的身影，外面再次下起暴雨，時不時落下一聲驚雷，蘭亭亭連忙將自己蜷縮起來，縮在火旁取暖，一會兒後又陷入了沈睡。

而此時的成雲開則在洞外探路。

他也是昏厥直到剛剛才醒來，他只記得當時打掉那蟒蛇後，太陽穴忽然一陣急痛，手便握不住火把，身體不由自主地向後倒去。

再醒來就在一片草地上，天邊只剩下一絲餘暉，他渾身散架一般的痠痛，閉目緩了許久，掙扎著撐起身子，這才看到自己的身旁趴著一個人，這人雖然昏迷，卻死死地抓著他的手。

是蘭亭亭！

成雲開連忙將她的身子扶了起來，仔細檢查她是否有外傷，確定沒事才放下心來，這時才聽見耳邊呼呼的呼吸聲。原來這位阿蘭大人心大得很，根本不是昏迷，而是累得睡著了。

見不遠處有個洞穴，成雲開輕笑了下，勉力起身將她抱了起來朝洞穴走去，但一用力，腳踝一陣疼痛傳來，他連忙換了重心，穩住了身形繼續走。不知是腳下的植被太過濃密還是什麼原因，他走這不遠的幾步路，彷彿踩著棉花一般，使不上力氣，才幾公尺的路，冷汗都流了下來。

進到洞穴後，他小心地將蘭亭亭靠在一旁的石頭上，又解下了自己的外衫，披在她的身上。

蘭亭亭一直安靜地睡著，眉頭舒展開來，成雲開安撫地拍了拍她的手，她這才緩緩鬆開，翻了個身，又繼續睡去。成雲開揉了揉手腕，已然被她攥紅，他越發看不懂這個姑娘，有時候他覺得她挺聰明的，有時候又覺得怎麼會有人這麼傻。

蘭亭亭睡著的時候微張著唇，生起火後，洞穴裡暖洋洋的，她的臉上也紅通通的有了血色。成雲開伸出手，試圖摸一摸確認，揭開她的人皮面具，但最終在碰到她的臉頰前停了手。

算了，就暫且如此吧。

他看了下外面的天色，太陽已經徹底下山，餘暉撐不過半個時辰，他得趁還有光亮的時候出去探探路。

從之前那座溶洞中滑下，到現在不知過了多久，但這裡植被如此茂密，他們應當是來到了這座山朝陽的一面，也就是之前來路的背面。若想回去，還得至少翻越一個山頭，而他們身上除了兩天的乾糧之外，連水都沒有。

成雲開剛一起身，又是一陣暈眩，他連忙撐著一旁的石頭，才不至於又倒下去。他搖了搖頭，覺得這次的病發與往日有所不同，以往只是劇痛，卻並不影響他的行動，而現在他只要輕輕一動就暈得厲害，像個病懨懨的小姑娘，控制不住自己的身體。

他討厭這種感覺，卻又無能為力，只得學蘭亭亭撿了根粗枝撐著身體，強忍著暈眩之感去外面尋路。

此處植被茂密，與他們來時的景象判若兩季，地上爭相生長著春天才會開花結果的植物，餘暉灑在寬厚的葉瓣上，暖洋洋的。

他一步步察看著四周，沒注意到天邊緩緩飄來一朵烏黑的雲，預告著即將到來的大雨。

準確來說，蘭亭亭是被餓醒的。

她剛一醒來，就感覺到肚子裡咕嚕咕嚕地作響，此刻四下無人，外面風雨狂作，雷聲震天，她現在精神好多了，但也不敢隨意走動，便就著火光翻出了收好的乾糧。

蘭亭亭一直堅信，人在饑餓的狀態下是無法思考的，所以當她吃飽之後，才意識到她已經吃完了一天的口糧。

她望了望外面的天色，安慰自己道，沒關係，已經馬上要到第二天一早，權當是吃了頓晚早飯，午餐少吃點，也勉強夠兩天的口糧。

「阿蘭大人這胃口不錯呀。」成雲開此時進了山洞，擦了擦臉上的雨水，扶著牆壁擰著衣服的水。

蘭亭亭呵呵一笑，沒有回話。見他已然渾身濕透，臉凍得煞白，說話的聲音都有點不易發覺的顫抖，連忙起身將他的外衫遞了過去。

成雲開擰乾衣服，坐回了篝火旁邊，緊抿著雙唇，緩了許久，臉上才有了血色，臉頰上也染上了紅暈。

「您氣色不太好，是突然病發嗎，現在怎麼樣了？」蘭亭亭關切地問道。

成雲開似是不想探討這個話題，只是點點頭，沒多說什麼，指著外面道：「剛下起來的雨，還好這裡有些乾柴，這火足夠燒一夜。口糧按照妳這麼吃，撐不到長貴他們找人來救咱們，妳就餓死了。」

蘭亭亭尷尬地笑了下。「這裡是什麼地方？離咱們的來路遠嗎？長貴他們也不知道能不能找到這裡來。」

成雲開回道：「現在在山的另一側，他們循山路最快找過來也要五天日程，耐心等等吧！我剛在外頭看過了，這附近都是野路，一里範圍內應當未曾有人來過，也不知道會不會有野獸，晚上我們得輪流換班守夜，看著這火不滅，以免突然有野獸襲擊。等明天雨停了，我們再朝山上走，上面有些果子是可以吃的。」

洞外雨聲越來越大，蘭亭亭在洞口坐了許久，盤算了半天，以目前的人手，十多天都不一定能確定他們的方位，若是下山找人幫忙，時間只會更久。成雲開說什麼長貴會找到他們，不過是安慰她的話罷了。

一想到他們可能再也走不出這山，蘭亭亭憮憮地抱腿而坐。

「我現在是沒有什麼辦法了，全靠成大人您了。」

成雲開挑眉。「妳這話什麼意思？」

「成大人做事總是留有後手，早知這次千岐山之行定然凶險，我們落入如此境地，你還能這樣坦然地談笑，想必已然想好了出路。」

成雲開見她雙眸微亮的盯著自己，自嘲地笑了下。「妳倒還真是信任我，可惜了，我並沒有這麼神通廣大。」

蘭亭亭無奈地低下頭，撿了個木頭在地上畫蛇。

成雲開側過身靠在石頭上，合上了雙目，屏氣凝神，淡淡對蘭亭亭道：「妳看著外面的月亮，等月到正中時叫醒我。」

這山洞地勢頗高，洞口朝下，無論外面暴雨多劇烈，都不會倒灌進來，頂多帶進些水氣。

蘭亭亭坐在山洞旁，看著外面高懸的月亮，聽著成雲開由急促到舒緩的呼吸聲，就在她以為成雲開已經睡著的時候，卻聽見他咳了兩聲，低沈著聲音開口道：「當時，為什麼要拉住我？妳本不必和我一起掉下來。」

為什麼呢？蘭亭亭也不知道。可能因為他在湍急的溪流中救了她，或是因為他在探洞的時候護住了她？

「本能吧。」她直接回道：「不想身邊任何人有危險，不希望有人在我面前死掉。」

「怪人。」

成雲開背朝著她，她看不到他的神情。

「彼此彼此！」蘭亭亭回敬他道。

書中心狠手辣的大反派現在居然窩在山洞裡面跟她談心，並且此刻與他獨處她居然沒有感到任何恐懼，反而因為他的存在而分外安心。她也搞不懂，到底是他們兩個人誰更奇怪一點了。

成雲開忽然轉過身，似是來了興致，靠著巨石支起了頭，看著蘭亭亭，篝火映在他的臉上，紅通通的，他的五官在這映襯下越發深邃立體，眼睛又黑又亮，似是能將人的思緒吸進去，原本俊逸清秀的臉上因這靈動的火光更多了幾分生動。

雨聲在空盪盪的洞中迴盪，蘭亭亭專心地盯著他，看呆了。

卻聽這好看的雙唇開口道：「妳為什麼要冒充阿蘭？」

這句話彷彿一盆冷水，正對著蘭亭亭的腦門澆了下來，她立馬恢復冷靜，心中一陣波瀾。見成雲開一臉玩味的神情盯著她，她連忙正色道：「成大人在說什麼胡話，我自然就是阿蘭！」

她一邊說著，一邊在心中安慰自己，此刻的成雲開並不認識真正的阿蘭，自信點！

成雲開揚眉，絲毫不走心地點了點頭，一副我看妳怎麼編的表情。「不懂醫術卻能順利進入太醫院，還能憑藉這草藥之事得到羅遠山如此信任，『阿蘭』女官，別告訴我，妳做這許多努力只是為了混口官糧？」

別說，還真猜得差不多了，除了為了躲避成雲開這個書中大反派，她最初的目的也的確是為了跟著女主吃口官糧，想舒舒服服的過一輩子，哪想得到會陰差陽錯混到現在這個地步。

「也不是誰都跟成大人一樣心懷大志，思慮深遠，做事沒有一步廢棋，甚至每一步都還留了後手。」

蘭亭亭此刻並不怕他，他們現在一同被困在這裡，形同是一條繩上的螞蚱，只有共同合作才有生機，多一個人便多一分生還的希望。

「哦？此話怎講。」看她似是別有所指，成雲開直問道。

蘭亭亭看著他，重點式的提點暗示。

「太醫院後院、水塘旁，這麼大的死老鼠，老鼠腹中還有與丁蘭香房間中並不相同的斷線，還有一隻本不該在太醫院的橘貓……成大人別告訴下官，您做這麼多事只是因為秦苒做的晚飯不合胃口？」

成雲開面不改色地聽完她說的這些話，眼神明暗不定，在火光中變換幾許，最終，輕笑一聲。

「阿蘭女官好生自信，竟然敢說這樣的話。」

蘭亭亭卻始終堅定的盯著他，她要賭一賭。

「方才所說的內容，成大人不提，阿蘭自然不會多開口，你我各取所需，相安無事，難道不好嗎？」

成雲開瞇著眼睛看了她許久，終是鬆了拳，轉回身子，不再回應。

蘭亭亭舒了口氣，她知道，這代表成雲開接受了她的說辭，哪怕之後他真的找到了她不是阿蘭的證據，也會有所顧忌，不敢擅自拆她的臺。

她的心跳得很快，明明她此刻就是阿蘭的身體，哪怕是在泉州的親生父母來對質檢驗，也無法證明她是冒牌貨。

但她在成雲開面前卻總是不自覺的心虛，他那雙眼睛黑得發亮，似乎能透過阿蘭的身體，望見她的靈魂。

洞外的雨漸漸停了，風卻未曾減小，蘭亭亭時不時添上幾把柴火，放空著思緒。

月亮緩慢的爬著坡，她的眼皮有一搭、沒一搭的合上又打開，強撐著保持清醒，又探頭望了眼月亮，見已升至正中，便開口喚了幾聲成大人。

「成大人？成大人……成雲開！」

見他沒有反應，蘭亭亭也懶得起身，又叫了幾聲他的全名。半晌，還是沒有動靜，她有些不悅地起了身。

這種環境下，他居然還能睡得如此之沈？

走到成雲開的身邊，她才從篝火發出的木頭燃燒聲中，聽到了他不易發覺的急促呼吸聲，直覺不太對勁，她連忙俯下身去，將他的身子翻了過來。

成雲開的手死死的扣在額角，太陽穴被他掐得紅紫，他的眉頭扭在一起，臉上青筋顯現，神情痛苦。

蘭亭亭瞬間睡意全無，連忙將他的手挪開，卻被他反手一把抓住，將她的手腕抓得生疼。

她心中揚起一絲恐懼，連忙伸手探進他的外衫裡，在胸口輕車熟路的摸出了一個藥瓶。

她曾在中秋之夜見過他吃藥緩解頭痛，急著想幫他拿藥，偏偏一隻手又被抓著動彈不得，她只能用牙咬開了那藥瓶蓋，誰知瓶裡卻空無一物。

藥呢？

成雲開在她身旁急促地喘息著，像是忍受著巨大的痛苦，雖然試圖咬緊牙關，本能地不想發出聲響，但仍是止不住輕輕的呻吟。

蘭亭亭著急得冒了汗，她一邊在他的腰間繼續摸索，一邊回想前幾日來的路上他那不太好看的臉色，原本還以為他是受不了一路的舟車勞頓，如此看來，這一瓶藥都被他吃光了，許是那時開始，頭痛症便已時常發作，他竟然沒有顯露出一絲異常。

沒有藥了，他竟打算忍過去。

蘭亭亭伸手撫向他的額角，試圖為他按摩穴位減輕痛苦，好一會兒後，感覺似乎真的有了些許作用，成雲開的身體不再緊繃，微微放鬆了下來。

但蘭亭亭卻又發現了另一個問題——

他的額頭很燙！

雖然她的手因為洞中寒冷而有些微涼，但也遠沒有如此大的溫差，她連忙又摸了摸自己的額頭，便更加確認，他在發燒。想必是將自己的手當作了冰敷的毛巾，他的身體才有所舒緩。

蘭亭亭下意識摸向他的褲腳，褲腳外包裹著布條全是濕的。定是方才的暴雨打濕了他的衣服，這下他的傷口碰到水感染，才會高燒至此。

現在該怎麼辦？

蘭亭亭突然感到一陣疲憊和無力。為什麼自己不是真的醫師？為什麼來的路上那麼多的草藥，不去採一點？

草藥！對了！

蘭亭亭想起了來的路上摘的那兩株草藥是可以止血鎮痛的，她連忙從胸口的袋子裡翻出了川芎，那草藥已經快要被壓碎成泥。

蘭亭亭將成雲開腳踝的布條扯開，露出了紅腫的傷口，開裂的地方已然發白，當中還滲出了烏黑色的血。

她掰開了成雲開的手，將那傷口使勁擠壓，擠出了一灘黑血，直到又流出了鮮血，她連忙嚼碎川芎，敷了上去。

這過程很短，卻也很漫長，成雲開痛得不自覺地抽搐，卻仍舊沒有醒來，他死死地閉著眼睛，彷彿陷入了無盡的夢裡。

蘭亭亭撕下衣角的一塊長布，又將他的腳踝包裹好。她忙活了許久，此時也累得夠嗆，但還是靜靜地坐在成雲開的身旁，用浸過涼水的手顫抖著為他降溫止痛。

她看著成雲開緊閉著、微顫的雙眼，不自覺的回想起了九歲的那個夏天，親眼看到父親倒在她面前的景象，她找遍了家裡的每一個抽屜，都找不到藥能救他，她只能一邊哭，一邊抱住爸爸的身體，為他揉著胸口，試圖讓他減輕痛苦。

但直到救護車趕來，她懷中的人由溫熱變得冰涼，她流乾了眼淚，爸爸卻仍然沒有醒來。

恐懼籠罩著她，時間變得緩慢，身邊的一切似乎都變得好遙遠，連媽媽打下來的一巴掌都沒法讓她有所知覺，她聽不清大人們在爭吵些什麼，只看清了媽媽手裡的藥，能救爸爸性命的藥，就在電視櫃上，那是她當時無法觸及的高度。

就差那麼十幾公分，人的生命是多麼的脆弱，她失去了爸爸，失去了美滿的家庭，失去了她曾經擁有的一切……

蘭亭亭的眼睛裡淌出了眼淚，啪嗒啪嗒地滴落在成雲開的臉頰上，她癡癡地望著搖擺的篝火，絲毫未曾發覺。

此刻的她滿腦子只迴盪著兩個字，別死……

不要死，至少現在，不要留下我一個人……

冷。

比起疼痛，成雲開更畏懼寒冷。

他覺得自己的喉間似乎吞進了一個火球，想吐吐不出來，卡在體內躁熱無比，但他卻仍然感到寒冷，他的四肢不住的顫抖，彷彿置身冰窖。

他知道自己在夢中，因為他又見到了他的父母，看到他們掙扎著死去時不甘和痛苦的神情，看到了沈泉的那張臉，他說話時面無表情，但在成雲開的腦海中，卻扭曲成了可怕的模樣。

對不起……

他想道歉，卻說不出口。他想要醒來，卻進入更深的夢境。

他夢見他在奔跑，身後有一條火蛇，比被他打跑的那條蛇大了無數倍，牠一伸舌頭，彷彿就能將他吞噬。

他漫無目的地跑著，拚了命似地，手腳冰涼，內裡卻越發熾熱，他的呼吸變得急促，然後忽然面前出現了一堵冰牆，他撞了上去，渾身被冰渣劃破，鮮血從傷口噴薄而出，他痛得不由自主地抽搐，結實地摔了下去，卻並沒有著地，而是沈入了一片汪洋的海中，不再寒冷，而是被熱浪包圍，平復了他雜亂的思緒。
他順著這熱流漂了許久，忽然驚覺自己竟然無法呼吸，於是掙扎著向上游去，試圖浮出水面……
蘭亭亭正靠著巨石休息，一邊按下成雲開胡亂舞動的雙手，她揉了揉眼睛，打了個哈欠，懷裡的人忽然側過身，對著旁邊一通猛咳，她立馬清醒，捶了捶他的背，讓他咳個痛快。
重獲空氣的成雲開咳了幾聲，又喘了一陣，這才睜開眼睛，外面天氣一片晴好，身旁的柴火也都燒完了，只剩一堆灰燼。
「過來，我摸摸。」
蘭亭亭起了身，撣了撣褲子，見成雲開一臉茫然的回過頭來，眼神還未清明，便知他還未睡醒，懵懂的樣子倒是比昨天狐狸樣的打量可愛多了。
她伸手撫向成雲開的額頭，還有些熱，但已經比昨夜退燒了許多。
蘭亭亭看了看自己昨晚睡不著時在地上寫下的藥草名字，在川芎上畫了個圈，起身準備出門找藥。
「妳要幹麼？」成雲開這才反應過來，本能地質疑道。

「成大人還是昨夜昏睡的時候最討人喜歡。」蘭亭亭挑眉道：「也不知是誰昨晚縮成一團，抓著我的手腕不讓我走。」

她見成雲開的臉上又染上了紅暈，滿意著自己方才的添油加醋，但還是不忘關心他的傷。

「你現在感覺如何？還頭痛嗎？小腿的傷口有沒有好一點？」

頭痛？他一愣，雖然現在精神好多了，不過這才意識到原來昨天的不適不是因為頭痛症，成雲開皺起了眉頭，抬手拉開褲腳，腿上傳來麻麻的疼痛。

昨天隨著脈搏抽動的疼痛，並不是後頸傳來的，他不禁自嘲的笑了，自己竟然已經病到首尾不分了嗎？著實有些丟人。

以前受傷那麼多次，從來沒有像現在一樣狼狽過，這座山脈彷彿是他的詛咒一般，自從他們出發後，各種不可預料的事情便紛至沓來。

他清了清嗓子，扶著石頭站起身，彷彿昨夜無事發生過一般，看了看外面的暖陽，道：「我去外面採些果子。」說完，便拄著他昨天撿的樹枝，拖著傷腿走出洞外。

蘭亭亭撇了撇嘴，無奈地嘆了口氣，自言自語道：「真是不讓人消停。」說著，抄起了一旁的外衫，也跟了出去。

她不急不緩地走著，跟在成雲開身後十幾步的位置，也不追上，也不走遠，時不時拿著樹枝翻一翻附近的植物，找著退燒祛寒、止血鎮痛的藥草。

成雲開循著山路往山上走，偶爾停下來去採那樹上的果子，便瞥見蘭亭亭在不遠處俯身找藥草的身影，他走得很慢，有意等她跟上來，但她卻始終保持著距離，這讓他心中更為煩悶。

朝陽面的千岐山和他們來時大不相同，植被茂密，他們走的皆是無人走過的路，蟲蟻在眼前飛舞，蘭亭亭找了片像扇子一樣大的葉子驅趕蚊蠅。他們朝著能看到的最近的山頭走去，走到晌午，只走了不到一半的路程。

坐在一旁歪倒腐朽的高木上，成雲開將果子分給她一半。

「你還得要吃藥。」蘭亭亭開門見山。「但是我剛才沿路找了，沒有找到合適的藥草，現在是白天還好說，若是晚上你又像昨天一樣，我可救不了你。」

成雲開啃了一口青杏，牙都快要被酸掉，猙獰著臉道：「我沒事了。」見蘭亭亭挑眉看著他的腿傷，又不太樂意地補充道：「除了有點癠之外，就是沒事了，明天應該就能好。」

成雲開倒不是逞能，經過方才這一段山路的攀爬，他出了一身汗，體溫已然降了下來，只要頭痛的症狀不再出現，以他當前二十出頭的身體狀況，恢復能力還是極強的。

蘭亭亭伸手要去摸他的額頭，卻被他躲開了，但見他專心啃著那酸杏，卻將李子給了她，心中還是有些開心，至少她好心沒有被當成驢肝肺，這人還算是不會恩將仇報。

吃完了潦草的午飯，他們正要起身，卻聽見不遠處傳來一陣腳步聲，不像是人的腳步，而是某種動物，喘氣的聲音越來越近。

成雲開將蘭亭亭拉到了朽木的旁邊，能微微隱去身形。

他偷偷探出頭去，見不遠處跑來了一隻野豬，黝黑的背上長著濃密的針毛，鼻子哼哼地拱著，四處觀望，時不時繞上兩圈。

成雲開從腰間抽出了一把匕首擋在身前。

那野豬似是聽到了這邊的聲響，哼兩聲後邁開前蹄，蓄勢待發的朝他們奔去。

成雲開正欲站起身來刺向那野豬的眼睛，卻被蘭亭亭勾著胳膊拉了回來，他詫異地回頭看她，卻見她指了指一旁的林子，裡面走出來一名老婦。

野豬朝老婦奔去，但並沒有撞向她，而是乖巧在她面前停下來，哼哼了兩聲，老婦摸摸牠的頭，野豬便踩著輕快的步伐跑走了。

「嚇到你們了吧？」

老婦穿著臃腫的衣服，頭髮花白，年邁的臉上布滿了皺紋，頭髮卻盤得精緻，沒有一絲亂髮，她的聲音沙啞得很，語氣卻十分輕快。

蘭亭亭仔細看她，發現她的眉心之下、兩眼之間有一枚痣，暗紅色的，極為特別，除此之外，還有一雙笑眼，哪怕底下是厚厚的眼袋，也顯得溫和美麗。

「沒事。」蘭亭亭道：「您怎麼會在這裡？」

「這話該我問你們。」老婦好奇地看著他們，笑道：「這裡是我的家。」

老人家將他們帶回了家中。

蘭亭亭沒想到在這樣的深山老林裡，居然還有一棟木屋住著人，木屋中還有著整齊的桌椅碗筷，一旁還有灶臺，能看得出來，的確是有人在這裡生活。

這太不可思議了，從這裡到最近的鎮子少說也要七、八天的時間，山中就算有甘露野果，但不足以維持一個人長久的生活，而這位婆婆甚至還在家中養著一個不過五、六歲的孩子。

小女孩似是從未見過外人，本來開開心心的迎接婆婆回家，突然見他們二人，嚇得直往婆婆的身後躲。

蘭亭亭心想她們二人應是來山中採藥，不慎失足跌入谷底，只好在這兒生活的，於是又問道：「怎麼稱呼您？」

老人家將懷中的草藥都放在一旁的籃子裡，回道：「他們都叫我當歸婆婆。」

「他們是？」成雲開問道。

「山那邊的人。」

「您怎麼會住在這裡？」

蘭亭亭歪頭看了看躲在她身後的小姑娘。

「她是您的孫女嗎？」

當歸婆婆揉了揉那小姑娘的頭髮，示意她出去玩耍。「算是吧。你們來這裡，是要採什麼草藥嗎？」

見二人相互看了看卻都未開口，她伸手扣住了他們二人的手腕。

她的手指很粗糙，像是長滿了老繭，但是又十分溫暖有力，她沈聲對成雲開說道：「小伙子身體底子不錯，但近來血氣有虧，脾胃有損，需要好生休養，不可勞頓，像現在這樣不當回事，長此以往，小心釀成大病。外傷倒是無礙，拿兩棵紫珠草回去敷上便可。至於小姑娘嘛，要心胸開闊些，切莫鬱結於胸，積怨成疾。」

蘭亭亭謝過了她，在屋子裡走動了幾步，發現她的廚房裡有各式各樣她未曾在山中見過的草藥，還有許多蔬菜。

「您這些都是在山中採來的嗎？」

當歸婆婆點了點頭。「我已經十多年沒有離開過這裡了，這孩子也是山裡面撿來的。」

蘭亭亭一聽這話，心中咯噔一聲。「那……您可知道怎麼離開這裡嗎？」

當歸婆婆見她一臉緊張的模樣，笑道：「我是不想出去罷了，自然還是知道下山之路的。這些年會走到這裡的人少之又少，沒想到這兩天人來得倒勤快。」

「這兩日還有人來過？」成雲開問道。

當歸婆婆點頭。

「可不是嗎？昨天晚上就來了個姑娘，冒著大雨，好像在找什麼藥草，我見她正病著，本想留她待幾天，結果今兒個一早便不見了蹤影。」

蘭亭亭沈默不語，腦海中仔細琢磨著她的話。

成雲開見對方沒有留人的意思，拱手道：「多謝婆婆給我的草藥，我們著急趕路，就不叨擾了。」

說罷拉起蘭亭亭的手，便要出屋，結果這一拉她起身，她別在胸口的牛皮袋子掉了出來，那袋子因這幾日的蹂躪已然不再緊實，當中的陸伏苓手稿散落一地。

當歸婆婆看到了地上的東西，臉色一變。

蘭亭亭連忙俯下身去撿，只聽到頭頂沙啞而顫抖的聲音問道：「妳和羅遠山，是什麼關係？」

妳和陸伏苓是什麼關係？妳和羅遠山是什麼關係？妳和孟樂無是什麼關係……這些日子蘭亭亭聽這種問句已經太多次了，她也沒多想，收好手稿後起身回答。

「您認識羅大人嗎？羅大人是我的上司，因為一些陰差陽錯的事情，羅大人就派我來此處尋找藥草，三齒噬髓草，您可曾聽過？」

「羅……大人？」當歸婆婆震驚的睜大了雙目，又自我安撫地點了點頭。「挺好的，他居然真的去當官了……」

「您是……」蘭亭亭小心翼翼的問道：「羅大人的舊識？」

「算是吧。」當歸婆婆的眼神變得柔和。「年輕的時候相識過。」

她看了看一旁探究地看著她的成雲開，對蘭亭亭笑了笑。

「你們隨我來。」

木屋有個後門，他們隨著當歸婆婆走了出去，蘭亭亭忍不住回頭看了下，後門的周圍長滿了紫藤。

木屋後別有洞天，不遠處就有一個山谷，從他們的位置向下看，山谷中種著各色各樣的植物。

他們沿著紫藤花指引的小路向下走，方才屋中的小姑娘正在地裡玩耍著。蘭亭亭一路走走停停，努力辨認著地裡的草藥，雖然認不出幾種，但都是陸伏苓筆記中提及的類別。

當歸婆婆帶他們穿過一片藥林，跨過了一處小溪，前面是個瀑布，蘭亭亭聞到濕濕的空氣中有一陣異香。

他們在瀑布旁停了下來，當歸婆婆摸了摸崖壁，伸手摘下了一株葉尖泛紅的草。

「他要找的，是這個吧？」

蘭亭亭仔細看去，只見這藥草葉瓣飽滿，鮮綠的枝葉上圍了暗紅色的絨毛，葉邊各有三個齒，她欣喜道：「是！」

「他的身體如何，為什麼要找這藥草？」當歸婆婆見成雲開已上前輕撫著崖壁上的三齒噬髓草，又道：「他若有難，可以取走，但這藥草極難存活，回京路途遙遠，途中一旦呵護不周，極易失去藥性。他自己診不好他的病嗎？」

「羅大人除了肝病，身體並無大礙。」

蘭亭亭盯著當歸婆婆眉間的痣，突然想起了羅遠山書房有一幅掛畫，畫上之人五官模糊，卻能清晰的看到，她額前有一枚紅痣。

她心有所感，試探地道：「他許是想借此找回故人。」

「肝病？那他怕是要失望了。」當歸婆婆彷彿沒有聽出她話中的意思，看著成雲開笑道：「這三齒噬髓草雖有洗髓之功效，但需要在它採集後十二個時辰內服用，並且完成換血。對他的肝病並無太大作用，主要是用來解毒的。」

成雲開顯然對羅遠山的故人並不太感興趣，他摸著石頭縫中茂密生長的三齒噬髓草，問道：「這崖壁上的草藥都是您種的？」

當歸婆婆搖了搖頭。

「我來時就已經這樣了，二十多年了，我曾試過將它帶出這裡，在別的地方生長，但幾乎沒有成功過。」她指了指瀑布的源頭。「過去這裡也長滿了，現在只剩下一半左右。」

「您為什麼要在這裡隱居呢？」蘭亭亭忍不住問道，她看向來時的路。「這片藥林不知能救活多少人。」

當歸婆婆的眼神暗淡下來。「這是株不祥的藥草，它能洗髓換血，但妳可曾想過，換來的是誰的血呢？」

蘭亭亭的確沒有想過，書中只曾談及過它的藥用方式，呂羅衣在取回藥草後病了兩日，未曾親自用它解了小皇帝的毒，全程都是由孟樂無診治，站在呂羅衣的視角，書中並未描寫是如何解的毒。

難道是用活人的血獻祭？蘭亭亭有些毛骨悚然。

她放下了那株藥草，聽當歸婆婆又道：「罷了，羅遠山想要這藥草，便給你們幾株，藥草總歸是沒有選擇的，有選擇的是人，他愛怎麼用便怎麼用吧。」

說罷，她從崖壁上挖了一些土，將方才採下來的藥草插到上面。「帶回去能不能養活，就看你們的本事了。」

當歸婆婆領著他們回到木屋後，在紙上寫了幾條注意事項，又叮囑了幾句，透過窗口，指著一旁上山的路說明。

「你們看到那棵樹了嗎？朝它走，到頭後轉向右手邊的峰頂走，就能看見來時的路了。」

蘭亭亭收拾好東西，謝過了她，回身欲走，誰知一開門，屋外摔進來一個人，她直覺伸手去扶，卻被迎面撲倒在地上。

成雲開一把將撲在蘭亭亭身上的人架了起來，蘭亭亭見到那人的臉，不禁驚呼。

「長英！」

第七章

木屋裡有兩個睡覺的房間，長英被安置在了朝陽的一面，此刻陽光灑在她的身上，散發著溫暖，她的頭上敷著毛巾，當歸婆婆在為她診脈。

「果然是她。」蘭亭亭喃喃自語道，方才聽婆婆說昨晚有個冒雨而來的姑娘時，蘭亭亭便覺得應當是她。

蘭亭亭之前便隱約覺得她的身分著實可疑，陪他們來千岐山的目的或許並不單純。長英少言寡語不足為奇，但她身為嚮導之一卻從不打頭陣，這一路上還幾乎都是長貴在領路，這就有些古怪了。而且，當長英掉入溪流中有生命危險之時，長貴並沒有立即下河救她，因此他們的血緣關係也令人存疑。

但即使有這麼多疑惑，蘭亭亭怕自己冤枉了長英，所以一直未跟人提過，直到此刻，她才堅定了心中所想。

蘭亭亭站在房門口等著她醒來，有諸多問題想要問她。

長英因為受寒又疲累趕路，適才情緒突然激動起來導致昏厥，此時休息半個時辰後，長英已有逐漸清醒的跡象，呼吸變得急促，眼動越來越快，一副將要醒來的模樣，蘭亭亭的話已到了嘴邊，卻見她騰得坐起身來，抓住了當歸婆婆的衣袖，緊張地問道：「妳就是陸伏苓，對嗎？」

當歸婆婆背對著門口，蘭亭亭看不到她的神情，只見她身體微微僵直，沒有回話。

「原來妳真的沒有死……」長英雙目微紅。「為什麼這麼多年來，妳從未回過嶺南？」

當歸婆婆顫抖著聲音問道：「妳是誰？」

長英抹了下淚濕的雙目，粗魯地撕下了人皮面具，她的下巴上滿是紅印，髮絲凌亂的拂在臉上。

蘭亭亭在房門口一眼認出了這張臉，她們曾經離得那樣近——

「丁蘭香！」

卸下了「長英」偽裝的丁蘭香聽到自己的名字，才發現了門口呆立的蘭亭亭，和在她身後似笑非笑的成雲開。

她睜大了雙目，慌亂地抬手擋了下自己的臉。

「妳是丁寧遠的孩子？」陸伏苓顫抖著聲音問道：「妳幾歲了？」

丁蘭香盯著她道：「剛滿十七歲。」

陸伏苓顫抖著雙手，輕柔地摸了摸丁蘭香的臉。

「妳沒有死，我那時以為，妳已經死了，所以我才……」

「十七年，我們找了妳十七年。」丁蘭香滿臉的淚痕。「妳卻自己一個人待在這裡？昨夜夜色那麼黑，妳又圍著頭巾，我離開時都沒有看清妳的模樣，要不是夢中妳的模樣變得清晰，我憶起了妳眉心的痣，我又要錯過了妳。」

蘭亭亭向後退了兩步，突然覺得自己不該繼續聽下去，彷彿在探知別人的隱私。

此情此景，自己方才滿腹的質問顯得如此滑稽。

她輕輕帶上房門想離開，卻在撤步時踩到了成雲開的腳。

他痛呼一聲，扶著牆才又站穩，蹙眉看著她。

蘭亭亭看他毫不震驚的表情，低聲問道：「你早就知道長英是她？」

成雲開點了點頭。

「你不是跟我說太后將她帶走了嗎？為什麼會出現在這裡？」

蘭亭亭有種被人耍了的感覺，她的聲音也變得冰冷尖銳。

「那妳得去問太后。」成雲開似乎沒有發覺到她的憤怒，自顧自說道：「丁蘭香對她還有用處，因此她便將她留了下來。」

「你又如何知道她會來這裡？」

成雲開笑道：「因為我能幫她得到想要的東西，她的行蹤自然瞞不了我，同時，她也對我有用。」

「當時渡河，她的牛皮袋子裡面裝的是什麼？」蘭亭亭壓抑著心中的怒火。

成雲開挑眉道：「就是妳猜到的那樣，但不是我動的手。」

蘭亭亭深呼吸一口氣，丁蘭香又一次偷了她的東西，她謄寫的陸伏苓的手稿，是羅遠山收藏的從未現世的版本，若是丁蘭香的目的是找到陸伏苓，她定然不會放過這個線索。

所以那袋子裡裝的是她謄寫的版本？為了這個贗品，丁蘭香居然會如此奮不顧身……

蘭亭亭瞇著眼睛看著成雲開。

「為什麼不早點將這些告訴我？」

「自然是見阿蘭女官聰慧通透，早晚也能自己發現。」

蘭亭亭瞪著眼睛看著他，冷笑一聲道：「你到底想做什麼，這是要拉我入夥？」

成雲開不置可否。

「成大人好生自信，居然會說出這樣的話來。」蘭亭亭將山洞中成雲開的話原封不動的還給了他。「出了這山，我便會將這兩日大人說過的話全都忘了，你謀劃你的事情，我過我的日子。我對利用別人的生死達到自己的目的，沒有任何興趣。」

說罷，甩手出去了，只留下成雲開一人站在門口，無奈笑道：「真是個愛記仇的人。」

成雲開並不知道陸伏苓還活著，但是前世他發現了丁蘭香和陸伏苓的這層關係。所以這一世，在丁蘭香最落魄的時候，他在太后面前漫不經心地提了幾句她卓絕的仿寫能力，太后因此保下了她，留著她為己所用，而她也為了回報成雲開的恩情，為他傳送在太后那裡得到的密報。

這次千岐山之旅，丁蘭香原本的目的只是想得到陸伏苓的手稿，而從溶洞中縱身一躍，也只是想去探尋陸伏苓走過的路，卻不曾想，當真讓她找到了陸伏苓。

晚上，陸伏苓掌廚做了一桌子的菜。

因屋子裡常年只住著她和小女孩兩個人，桌板很小，也沒有多餘的椅子，其他人只得墊著籮筐擠坐在一起。

丁蘭香同陸伏苓在屋中聊了一個下午，出來時情緒平復了許多。

蘭亭亭帶回在地裡玩的小女孩時，正巧撞見她們出來，和丁蘭香尷尬地點了點頭。

此刻，她們二人正面對面地坐著，成雲開在一旁專心地喝著茶，彷彿感受不到空氣中瀰漫的尷尬氣息。

「沒什麼東西能招呼客人，不好意思啊。」陸伏苓先開了口，她的聲音有些啞。「我這木屋空得很，還有兩間空房，你們今晚就留下休整休整，明日一早再一同啟程吧。」

這話主要是對丁蘭香說的，但她卻盯著桌子發呆，蘭亭亭不忍當歸婆婆被無視，連忙接話。

「別這麼說，這已經是我們這幾天以來吃的最好的一頓飯了！您這木屋是什麼時候建的呀，這裡位居深山，鮮少能有人翻越重山峻嶺來到這邊。」

陸伏苓笑道：「二十多年前建的了，那時候這裡還有些人煙，再往東還有些屋子，不過已經沒法住人了，當年中原戰亂，山下的一些人就搬到了這裡躲避戰亂。如今二十多年過去了，走得走，死得死，就只有我留下了。」

「這小姑娘不是這裡的人留下的嗎？」蘭亭亭揉了揉小女孩的頭。

陸伏苓嘆了口氣道：「這事我也不清楚，我偶爾會去山的另一邊種些藥草，有一天在崖洞裡看到了她，擔心還在襁褓的幼兒會被什麼野獸吃了，便留著等她父母回來，沒想到等了好些天都沒人來找，我只好把她帶回來了，幫她取了個名就叫崖子，她很喜歡在山上跑來跑去的，爬樹可快咧！」說著，卻沒再看崖子，而是盯著丁蘭香。「女大十八變呀，不知道將來會長成什麼模樣。」

在一旁埋頭苦吃的丁蘭香聽罷放下了碗筷，出了門去。

陸伏苓輕嘆一口氣，往崖子的碗裡挾了菜。

吃過晚飯，蘭亭亭幫陸伏苓收拾了碗筷，同她在外面的一條溪水處洗碗。成雲開和崖子留在木屋裡，蘭亭亭遠遠地看著他們玩樂的身影，似乎相處得十分融洽，不禁內心感慨，他這副模樣的確很能哄騙小姑娘。

正望著，卻聽耳畔一陣笑音，陸伏苓道：「你們吵架了？」

「怎麼可能呢？沒事。」

蘭亭亭搖了搖頭，正好問她另一件事。

「當歸婆婆，長英她……不，是阿香，阿香在路上為了搶救您的手稿，掉下河差點死了，可見她真的很思念您呀。哪怕這樣，您也沒有想過要離開這裡嗎？」

陸伏苓停下了手上的動作，看著遠處的瀑布道：「還記得下午我帶你們去的地方嗎？那裡有一片墳地，我得守著這裡，我答應過他……們。」

蘭亭亭恍然大悟道：「羅大人給我的手稿，似乎有缺頁，之前我想不明白，還以為是有關三齒噬髓草的秘密，如此看來，是不是因為當時提到了這裡的經歷，您刻意將內容拿掉了？」

陸伏苓一雙笑眼看著她。

「不錯，小姑娘，妳很聰明，答應婆婆件事情好嗎？不要把我在這裡的事情告訴羅遠山，以免他找來，我想圖個清靜，他太煩人了。」

蘭亭亭聽她如此吐槽羅遠山，又一想到他那副成天氣鼓鼓的模樣，頓覺有些滑稽，忍不住笑著點了點頭。

陸伏苓嘆了口氣，又道：「無論是什麼原因，我的確對不起阿香這孩子，下午她似是聽進了我說的話，接受了我不同她一道回嶺南醫谷的決定，但我怕她心裡仍是放不下，聽說妳們在太醫院時是同窗，幫我勸勸她吧。」

「好的，您安心交給我吧。」

臨危受命的蘭亭亭洗好了碗，又馬不停蹄地出門去尋找丁蘭香的身影。

曾同住過一個屋簷下，雖然只有兩日，而且因為《回春志》一事，她們也對彼此下過絆子，但不知是她們同騎過一匹馬或是掉入過同一條河的緣故，蘭亭亭此刻對她倒產生了一些親近和共情的感覺。

《回春志》原稿倘若是她能得到的與母親唯一的聯繫，她不知道自己會不會也做出同樣的選擇。

至於秦苒之死，那完全是成雲開的手筆，利用了她，她甚至現在都不知道自己被人利用，還在為成雲開謀事。

蘭亭亭在瀑布旁望見了丁蘭香的背影，她正坐在一旁的石頭上，望著月亮。她也走過去，坐在了她的身邊。

「她不走也罷。」蘭亭亭總是率先開口的那個人。「為何妳就沒有想過留下來？」

丁蘭香閉上了眼睛。「太后要我此行為她取回三齒噬髓草，就在那瀑布旁邊，唾手可得，但我卻並不想去。從小我都在聽父親和姑姑講一個故事，一個母親拋夫棄子的故事，我堅信了十多年，可是當我終於找到了她，她卻給我講了另一個故事，原來我的父親……我不想留下，也不想回京城，我得回去搞清楚這件事，不然我這十多年做的每一件事，就都是笑話。」

「可妳能走得了嗎？」

丁蘭香回道：「我已問過成大人，他可以幫我。」

蘭亭亭見她如此信任成雲開，終還是忍不住說了出來。「妳真傻，妳可知道，秦苒之死與他脫不了關係，他分明是利用了妳，如果不是他，妳本不必揹負這樣的污名離開太醫院。」

丁蘭香顯然並不知道，她頓時睜大了雙眸，努力回想當時的一切，的確很奇怪，太巧了！

那天她走在路上，恰巧碰到了要去藏書閣的成雲開，與他聊上幾句，他便提起因前院招考的緣故守衛減少，他要親自去巡一巡。

她這才起了賊心，到了後院，正巧見到了蘭亭亭把《回春志》收入懷裡，所以她不需要潛入盜書，書就現世了，一切是那麼的順利，她還天真的以為是自己每日的祈禱奏了效，上天對她有了垂愛之心。

後來她順利的偷出手稿，以防萬一在水池邊設下陷阱，試圖令蘭亭亭在還書途中摔倒讓贗品掉入水塘中，徹底銷毀她竊書的痕跡。

卻沒想到秦苒的死破壞了這個計劃，後來的事發生得太快，她被帶入宮中後，好幾天都處於恐懼和愧疚中，更不知自己會落入何種下場，直到成雲開伸出援手，她才得以逃脫責罰。

原來竟是這樣……

丁蘭香自嘲地笑了，卻道：「但如果不是他，我可能一輩子都只會窩在太醫院，沒有機會來這裡見到陸伏苓，甚至不知道她還活著。」

蘭亭亭沒想到她會這樣說，頓時不知如何回應。

她說得不錯，書中，丁蘭香一輩子都未曾離開過太醫院，只守著陸伏苓的手稿度過餘生。若從結果來說，她的確應當感謝成雲開給她的機會。

「明日我會同你們一起離開，但不會隨你們回京。李長貴是我來陵州後找的嚮導，我多給了他些錢，他便同意與我偽裝成兄妹。你們下山後，便說長英已死就好，不會生出什麼事端。」

蘭亭亭點了點頭，不再多言。她們躺在石頭上看著星星，似乎過了許久，她聽到了丁蘭香的道歉和感謝。她沒有回應，這些日子的經歷在腦海中快速地閃過，她有些疲憊，竟睡了過去。

第二天一早，太陽曬屁股，蘭亭亭翻了個身，啪嗒摔到了地上，她揉了揉惺忪的睡眼，發現自己趴在木屋中的地上，床上還躺著崖子，歪七扭八的姿勢，霸占了一整張床。

蘭亭亭對她努了努嘴，撣了撣衣服起了身，她明明記得自己前一日晚上是在瀑布旁與丁蘭香促膝長談，怎麼轉眼就又回到了木屋之中？

在屋中找了一圈，除了熟睡的崖子，一個人都沒有，出了屋便見成雲開拎著一筐藥草走了回來。

「阿香呢？」

成雲開挑眉。「妳們何時這麼親密了？」

蘭亭亭白了他一眼。

成雲開笑道：「妳醒得太晚了，她等不及先走了，當歸婆婆在地裡澆水。」

拜別了照顧草藥的陸伏苓，他們二人也啟了程，沿著陸伏苓指的路，往來時的方向走去。

他們走了七、八天，走錯過路，也遇到過落石難以翻越而不得不繞路，終於翻過夜望峰，他們回到了熟悉的地界，至少這裡還能看出有人來過的痕跡，接著又走了三天，才終於下了山。

這一路上全憑從陸伏苓那裡備上的糧食才得以保命，所以到了山腳下進了村子，一見到香噴噴剛出爐的包子，蘭亭亭兩眼發光的衝了上去，不顧形象的狼吞虎嚥了起來，肉餡飽滿，蔥香十足，她看著一臉懵的店小二快幸福地落下淚來。

成雲開卻坐在一旁慢條斯理的吃著湯麵，看不下去時只嫌棄地說兩句「慢點」，一副生人勿近的模樣。

店小二顫顫巍巍地對他道：「這位客官，您這怎麼買單？」

成雲開抬頭看他，拿出了一塊令牌給他，似笑非笑道：「把你們陵州知府叫來，到時就會有人買單了。」

許是他還頗有官爺威嚇人的威嚴在，店小二居然也沒有懷疑，聽話地辦事去，一溜煙沒了影。

成雲開又看了看吃飽了癱坐在椅子上一臉傻笑的蘭亭亭，頗為嫌棄道：「這才幾天妳就受不了？」

「從入山到現在，都快一個月了好嘛！」蘭亭亭忿忿地補充道：「都快趕上饑荒了！」

成雲開反問道：「妳見過饑荒嗎？」

蘭亭亭搖了搖頭，回問道：「難道你見過？」

成雲開低頭吃麵，沒有回她。

饑荒，他自然是見過的。餓殍遍地，滿街腥臭。最長一次，他有一個月沒有吃過飯，至於吃的是些什麼，他不願再回想起來，所以山中的那些吃食於他而言，已然算是不錯的糧食。

他的思緒突然被一聲驚喜的尖叫聲打斷。

陵州知府雖然辦不成什麼大事，但跑腿的效率還是值得褒獎的，收到令牌就知道他們已平安下山了，不過兩炷香的時間，便將呂羅衣等其他人都一併帶了過來。

呂羅衣見到他們二人時，眉頭終於舒展開來，雙目通紅道：「千岐山太大了，我們分成三路找了你們好幾天都一無所獲，險些以為你們真的出事了，還好，還好……」

蘭亭亭不等她多說，猛然起身，撲到了呂羅衣的身上，一把鼻涕、一把淚地訴說著他們一行的不易，以及長英的死訊。自然，她不著痕跡地省去了與陸伏苓相遇一事。

在長貴光打雷不下雨的哭聲中，蘭亭亭才終於真切地感受到，他們當真徹底離開了千岐山。

離太后壽宴只剩不到十日，羅遠山忙得腳不沾地，一會兒進宮叩見，一會兒在太醫院籌備壽禮。自從蘭亭亭一行人出發去千岐山後，他就開始數日子，恨不得他們能快快回來。

千呼萬喚，終於盼回了這一隊人馬，羅遠山不敢去問他們是否找到了三齒噬髓草，盤著手小心翼翼地看著他們嚴肅的臉色。

蘭亭亭苦大仇深的表情終於裝不下去，噗哧一聲笑了出來。

呂羅衣偷偷使著眼色笑道：「是阿蘭的主意，說回來的時候嚇嚇您。」

說罷，她便命人將三齒噬髓草端了進來。

羅遠山激動得手不住地顫抖，他輕輕摸了摸那藥草，像是在撫摸一個孩子。「你們怎麼找到的？都沒受傷吧？」

「孟大人與我從瓊陽入山，翻過了兩座山，在陵州南側瓊陽北側的溶洞，終於找到了這神藥，但與書中所寫不同，沒有藥林，只有幼苗，我們記住了位置，明年春天就應當可以長成。」

呂羅衣指了指端進來的碟子，又道：「我們先取回兩株，可惜這兩株在回來的路上已經枯了。不過阿蘭那邊採回來的還活著，種在後院藥園中，羅大人可隨時去看。」

「做得很好，辛苦了。」羅遠山肯定地誇了幾句，又問蘭亭亭。「你們那幾株又是如何找到的？」

「就在第一個溶洞附近，我和成大人不慎滑入了一個洞穴，出來便是一處深潭，後來在找路出去的時候發現崖壁上就長了三齒噬髓草。」蘭亭亭胡謅著整個過程。「我採藥草時順手裝了些那裡的土壤，這樣一起移植回來容易繼續養活。對了，崖壁旁還有一片紫藤花。」

說罷，她觀察著羅遠山的神情。

羅遠山面上不動聲色，無名指卻不自覺地抽動了一下，他轉過了身，身後是蘭亭亭當初憶起的陸伏苓的畫像。

「好，挺好的。」

呂羅衣蹙著眉，小聲的自言自語著。「秋日如何會有紫藤花開？」

蘭亭亭聽到了，卻沒有回她，那句話本也不是為了說給旁人聽的。

羅遠山將那兩株枯萎的三齒噬髓草收了起來，吩咐御藥科將其包裹完好，與其他為太后壽宴籌備的物件一同做為獻禮。

他忙得起勁，蘭亭亭回到太醫院後反而閒了下來。

孟樂無喜歡親力親為，許多事情不會交與旁人做，更別說她這新來乍到的新手。日子清閒起來，她就開始惡補各類醫書，藏書閣中的古書對她來說背起來容易，理解卻太難。如今進了太醫院，很可能隨時被調入安樂居、御醫坊等需要問診的部門，她得掌握一些淺顯易懂的實操技能。

正式成為女官之後，她便可以自由的出入太醫院，而不必像之前那樣仰仗著成雲開大發慈悲讓她隨行。這一日，她又去了西街的集市，準備挑幾本初學者能用的醫書。

買好書後，路過一家販售筆墨紙硯的小店，看到門口有捉刀在招呼替人撰寫家書，蘭亭亭站在一旁看了半晌，忽然想到，「阿蘭」也該給她的家人去封信了。

正這麼想著，蘭亭亭下意識摸了下腰間，錢袋卻不見了蹤影！

她驚呼一聲。「我的錢不見了，有扒手摸走了我的錢袋！」

四周的人紛紛看向她，店家連忙跑出來，環顧了一圈，從圍著的人群中揪出來一個七、八歲的小男孩。

店家捋著袖子一邊從他懷中奪回了布袋，一邊罵道：「你個小兔崽子！學什麼不好學這個，第幾次了？你怎麼就盯上我家店了，這回不打死你我跟你姓！」

「我就想讓你給我寫個信！」那男孩一縮身子，從外衫中褪了出來，穿著單衣，跑了老遠。「你非要錢，我沒有，那不就只能自己找錢了！」說罷，一溜煙跑沒了蹤影。

店家罵罵咧咧地朝著他扔了個鞋板，沒再追他，而是將錢袋還給了蘭亭亭。

蘭亭亭看著兩眼發光的眼前人，心領神會地從袋子裡掏出了一點散碎銀子放到他的手中，道了謝。

回去的路上，蘭亭亭總覺得有人跟著她，她趁著人多躲到小路守株待兔，果然蹲到了一隻「小兔崽子」。

「你跟著我幹什麼？」

那男孩彆扭的揣著兜，撇嘴道：「妳是當官的吧？」

蘭亭亭有些驚訝，沒想到他還能認得太醫院的制服。「你見過我？」

他搖了搖頭，帶著些驕傲道：「我姊姊也是當官的！」

蘭亭亭見他一身乞丐模樣的衣著，著實訝異。「也在太醫院嗎？」

他皺著眉頭反問道：「太醫院是個啥？我姊姊可是大官，在皇宮！」

「你姊姊叫什麼名字呀？」

男孩忽然警惕地打量著她。「爹娘不讓說！」

蘭亭亭越聽越覺得他像是被家裡大人哄騙，但也不想拆穿這善意的謊言，她蹲下身來，柔聲道：「你方才是要給誰寫信呀，你姊姊嗎？」

男孩似是犯了愁，又盯著她看了許久，才終於相信她一樣，小心翼翼道：「寫給爹娘，妳能幫我寫嗎？」說罷，又怕她拒絕似地補了一句。「我賺了錢會給妳的！」

蘭亭亭噗哧一聲笑了出來，揉了揉他的頭髮道：「我給你寫，但你可要答應我，不許偷別人的錢袋子了。」

男孩轉著腦袋掙脫了她的手，不服道：「我沒偷！那是借，我給妳借條了。」

蘭亭亭聽罷摸了摸腰間，果然有個小紙條，上面歪七扭八的寫著「借條」二字，竟還有個落款。

蘭亭亭辨認了半天，也沒看出來寫的是什麼字，試探性的問道：「這是……春？」

男孩捧腹大笑道：「原來妳也不識字！」

蘭亭亭撇了撇嘴。「那你告訴我，這是什麼字？」

「妳就當是春吧。」男孩從懷裡掏出了張皺巴巴的信紙，上面有兩個黑疙瘩。「剛剛說好了幫我寫的。」

蘭亭亭翻了翻兜，無奈道：「我沒帶筆墨，要不這樣，你先告訴我你要寫什麼，我馬上回去寫好了，再拿出來給你。」

男孩滴溜著眼睛思索了半天，回道：「成！但妳可不准把我的信紙偷偷拿走了，這是我姊姊給我的。」

「知道啦，我會把信好好的交給你的。」蘭亭亭一邊保證，一邊拍了拍男孩的後背安撫他。

「那妳就幫我寫……爹娘，我到京城了，但還沒找到姊姊。」他偷瞄了眼蘭亭亭，心虛地繼續說著。「一路上很多人幫我，我在京城住著大房子，你們好好種地就成，等我找到姊姊，再跟你們說。」

蘭亭亭皺著眉道：「不能撒謊，撒謊不給你寫了。」

「別！」男孩攔住了她。「那把中間那句刪了，就寫吃穿不愁，總行了吧。」

蘭亭亭看著他穿著單衣凍得哆哆嗦嗦的樣子，從錢袋裡倒出來點銀子放入他的手中。「這回不算撒謊了，再給我地址，我才知道信要寄到哪裡去。」

「灤西下池鎮，我爹娘名字是……」說到他父母的名字時，他警戒的噤了口，看了她一眼道：「名字我自己寫。」

蘭亭亭無奈道：「那你在這裡等著，我等等就回來。」

「不見不散。」男孩又補充道：「說謊的是小狗！」

為了不當這個說謊的小狗，蘭亭亭急匆匆地回了太醫院，三兩下寫完了信，又連忙回到西街的小路上，隔壁攤子的熱粥還沒在老闆娘的熱情招呼下賣出去幾碗，她就回到了原地。

但那男孩卻不見了蹤跡，蘭亭亭每條小路都找了一遍，卻都沒見到他的身影。

她走到粥鋪旁邊，問道：「老闆娘，剛才這兒有個小男孩，瘦瘦小小的，妳可見過嗎？」

「妳說那小乞丐？」老闆娘斂了招牌笑容，回想道：「沒注意，他經常四處亂竄，姑娘可離他遠點，小心被他騙了。」

蘭亭亭謝過了，一邊往回走，一邊看著手上的信紙，怔怔地回了太醫院。

難道她真的被一個小男孩給騙了？

剛進屋，便見呂羅衣揹著個包裹急匆匆地跑進來。

「妳怎麼才回來，羅大人說明日太后壽宴，晚上要咱們幾個提前入宮準備，快拿上些換洗的衣服，馬車已經在後門等著了！」

太后壽宴定在十月底，這時天氣涼了下來，跟著呂羅衣提前一日進宮準備的蘭亭亭，此時正在宮裡看著屋外高懸的彎月，下意識裹緊了披風。

太醫院來獻賀禮的人都住在宮牆附近，離皇上辦公的景元殿甚遠，唯一的好處就是可以在一定區域內隨意走動。

蘭亭亭還在想著下午的那個男孩，一時無法接受她被這麼小的孩子坑了銀兩，兀自在院子裡吹風，忙得焦頭爛額的羅遠山一出門見她如此清閒，便忍不住命她去幫忙籌備藥膳。

蘭亭亭聽了疑惑道：「這不是御膳房的活兒嗎？」

「藥膳也是太醫院獻禮的一部分，我跟他們總管提過了，需要他們明日負責藥膳的保溫，現在正熬著，妳去跟樂無換個班，去把他叫來。」

蘭亭亭一路打聽，終於找到了御膳房的位置，剛一進去，還未來得及詢問，忽然聽見有人叫她的名字，甘靈兒竟然出現在她的身後。

蘭亭亭驚喜地上前抱抱她，見她的小圓臉更圓了些，忍不住捏了一下。

甘靈兒吃痛地輕呼了一聲，驚喜道：「妳怎麼來了？」

「明日不是太后壽宴嗎，我來看看太醫院的藥膳，妳可知道孟大人在何處？」

甘靈兒拉著她的手沿著偏殿前的長廊，一路走到了後院的伙房前，指了指東邊的屋子道：「就在那裡面，太醫院借用的地方，不讓我們進去。」

蘭亭亭見她如此清閒，問道：「妳不用去籌備明日雲心宮的壽宴嗎？」

「不用。」甘靈兒笑道：「總管讓我再學些新鮮菜樣，瞭解各國美食，說留著下個月再用我。」

「下個月？」

蘭亭亭想了許久也沒想出十一月能有什麼大事。

「還有比太后壽宴更大的事？」

甘靈兒也不明所以，搖了搖頭，一旁的房門忽然打開，孟樂無拿著扇子走了出來。

蘭亭亭見他挺拔的身形，不禁感慨呂羅衣的審美果然一流，哪怕被灶火熏得一身，孟樂無還是能鶴立雞群。

然後這隻仙鶴瞥見了她。「羅大人找我？」

還不等蘭亭亭應聲，他便接了袖袍遞給她，著急忙慌地出了門。

蘭亭亭自然也不敢再跟甘靈兒多聊，以免誤事，連忙道了別，進了屋子，將御膳房的忙碌關在屋外，專心致志地熬起了藥膳。

孟樂無走得匆忙，沒交代她要熬多久，但聽羅遠山之前那話的意思，估計今晚是別想睡了。

她支著下巴，透過半開的窗戶望向夜空，時不時添兩根柴火，時間過得很慢，蘭亭亭強撐著不睡死過去，卻忍不住合了眼。

爐子裡的炭火燃燒得很快，將要殆盡之時，屋子角落處忽然發出一陣鑽洞的聲音，蘭亭亭猛然驚醒，見火光要滅，連忙又塞了兩根木炭進去。

這才回身看清角落處的身影。

「皇上？」

「噓……」小皇帝對她比劃了半天，示意她噤口。

蘭亭亭壓低了聲音問道：「陛下這是做什麼？」

小皇帝溜到窗邊，藉著縫隙向外望去。「自然是來偷吃的。」

蘭亭亭大驚。「皇上也用得著偷吃？」

小皇帝收回了視線，一臉苦相地看著她。「每天淨是些藥膳，連甜品都不能吃，明日母后壽宴，那一桌子的菜，也就兩、三道許我動筷。」說罷，使勁嗅了嗅。「這屋裡什麼味道？甚是熟悉。」

蘭亭亭乾笑兩聲，實在不好意思告訴他這便是他明日的大餐，轉移話題道：「我看外面人這麼多，陛下也出不去呀。」

小皇帝嘆氣道：「平日裡這屋子是空的，後院沒什麼人來，對面就有糕點。」

「這有什麼問題。」蘭亭亭放下之前燒火時捋起的袖子，現成的「大腿」不巴結，那就是傻子，她才不是傻子。「我去為陛下取來！」

小皇帝滿眼感激地看著她，倒讓蘭亭亭覺得受之有愧了。一國之主，居然連頓飯都不能自己做主，這皇帝之位也著實不好當。

蘭亭亭在甘靈兒的掩護下，很快便從對面的屋子順了一袋子的好吃的，不負所託地交到了小皇帝的手中。

「愛卿甚好！」小皇帝心滿意足的揣進了胸口，正色道：「朕定不會虧待妳！」

蘭亭亭腦海中浮現出了一錠一錠的金子，在眼前來回翻湧，大喜道：「謝主隆恩！」

小皇帝從角落的狗洞鑽出去後，蘭亭亭又從袖兜中掏出了兩塊蛋黃酥，這蛋黃酥鹹甜可口，還真比她家樓下連鎖店裡賣的好吃太多，也不怪小皇帝會頻頻到訪，意猶未盡。

蘭亭亭開始期待起第二天太后壽宴上的御膳了，聽呂羅衣說，他們也能蹭上一頓。

可惜，天不從人願。

第二日中午，萬里晴空上飄過一片薄薄的灰色雲朵。呂羅衣午膳過後便不見了蹤跡，蘭亭亭四處尋找她時，突然意識到這一日是太后壽宴，也就是書中男、女主吵架後天降暴雨的太后壽宴，那豈不是今晚的壽宴也會突發狀況，惹得太后大怒？

那她的大餐可就吃不到了呀！

蘭亭亭掐指一算，決定還是先跟頂頭上司羅遠山報備情況。

結果，在羅遠山狐疑的目光中，蘭亭亭抬手發誓道：「我哪次騙過大人？」

羅遠山看了看外面碩大的暖陽，眉頭皺得更深。

蘭亭亭清了清嗓子，臉不紅、心不跳道：「我昨日夜觀天象，發覺東南方有異象，今日亥時一刻將會天降暴雨，再不將殿外布置的臺子挪到雲心宮就真的來不及了！」

羅遠山將信將疑地出了門，蘭亭亭本欲跟著看他有沒有去找負責此次壽宴的總管大人，卻被匆忙回來的呂羅衣撞個正著。

見她眼角微紅，蘭亭亭小心翼翼地問道：「妳還好吧？」

呂羅衣卻疑惑道：「挺好的啊，方才去御膳房幫孟大人取藥膳，沒承想他們在切蔥，屋子裡熏得厲害。」說著還用衣角抹了抹淚。

「……」蘭亭亭忽然開始自我懷疑，方才是不是不該草率發誓。老天爺應當不會見他們二人並未吵架，便不下雨了吧？

在羅遠山的擔保下，原本內務府安排在殿外的煙火演出被迫取消，殿外的眾多大臣被迫擠在太后的雲心宮中落坐。

太后面上說著與眾愛卿同樂，面上卻是陰沈了下來，底下大臣皆不敢輕易發出聲響，直等著小太監按流程唸各部的名字，獻上籌備數月的賀禮。

蘭亭亭一邊平復著慌張的心情，一邊故作鎮定地跟在羅遠山的身後，不時偷瞄著殿外的天氣，在唸到壓軸出場的太醫院時，忽然一聲驚雷，大雨傾盆而下，她長舒了一口氣。

太后聽聞殿外的聲音，揚了揚眉，神色舒緩了許多。

羅遠山上前介紹著賀禮，卻並未將三齒噬髓草的名字公之於眾，皆以稀世草藥代稱，除了這藥草，他還仔細介紹了太后與皇上面前的藥膳，這兩個月來，他便是在鑽研此物。

小皇帝聞了聞藥膳的氣味，熟悉但卻有些許不同，入口後甘甜酥脆，驚喜道：「不錯！」

見皇上滿意的模樣，羅遠山也舒了口氣。

太后笑道：「聽聞此行取藥艱險，羅愛卿同太醫院的諸位愛卿辛苦了，皆賞俸祿一年。」

在一片謝恩聲中，蘭亭亭已經開始盤算起她向羅遠山要來的長假要在何處消遣。

獻禮結束，內務府安排的宴會表演在殿中有序進行，蘭亭亭坐在最後排專注地品嚐起了壽宴的諸多美食，正吃得起勁，她卻總覺得有人在盯著她。

環視大殿，正對面，隔著扭動婀娜身形的舞女們，成雲開正看著她，對她無聲道——

殿外等我。

好笑！讓她等她就等嗎？

結果是，成雲開在刺骨的寒風中站了半個時辰。

太后壽宴是由內務府大總管李文城負責籌備，成雲開負責翰林院獻禮事宜的對接。

上一世，壽宴之時天降暴雨，太后大怒，當時雖未將李文城貶職，但兩個月後找了個由頭賜他告老還鄉。

這一世，成雲開也在等這場大雨。李文城很會做人，先皇在世時便在他身邊當總管大太監，後被提拔為內務府總管。他奸佞圓滑，認錢不認人，因著職務之便，只要有錢便能從他手中拿到他人不知道的消息。

成雲開掰算著手指頭，他要在年底前將這個變數鏟除，壽宴就是最好的時機。他等不到兩個月後，他要太后現在便將他發落。

他買通了欽天監的監事，將當夜月明星稀的假消息上報至李文城處，又遣先前安插在內務府的小廝在李文城上朝的必經之路上，盤點庫房內快到期的煙火。

不出他所料，李文城很快便將煙火演出這一事項列在太后壽宴的流程裡，如此，他便更加不會輕易改變殿外舉辦宴會的決定。

他安排好了一切，連老天爺都沒有缺席，但李文城卻如同能預見這場大雨一般，將壽宴撤回了殿中。

幾番打聽之後，成雲開終於確認天降大雨的消息是從羅遠山那邊傳來，他當下就想到了一個人，「阿蘭」。

這事是否與她有關？李文城為何不惜冒著太后大怒的風險相信了羅遠山的說辭更改

流程？

成雲開需要從阿蘭的身上找到一個答案。

蘭亭亭在晚宴結束後半個時辰才出了宮。

還真不是她故意晚走想讓成雲開等她，只是不想同他一夥，也不打算在男、女主羽翼未豐之時公然與他作對。

而好巧不巧的，羅遠山正好被太后點名留下，她和呂羅衣就只得在門口候著。直到出了雲心宮大門，蘭亭亭見到了不遠處一身寒氣的成雲開。

「大人久等了。」蘭亭亭禮貌地行禮道：「不知大人找下官何事？」

成雲開見她一副避嫌的模樣，挑眉笑道：「阿蘭女官怎待我如此疏離，怎麼說，也是在深山老林裡同生共死了十餘天的關係。」

「阿蘭不過是太醫院一個六品女醫罷了。」蘭亭亭連忙道：「下官可不敢高攀。」

「如今羅院判可是太后面前的紅人，連張揚跋扈的李總管都要給他幾分面子。」成雲開意味深長道：「指不定哪一日下官還得承蒙阿蘭女官的提攜。」

蘭亭亭聽他陰陽怪氣地講了半天，才終於明白是在敲打她羅遠山同李文城建議撤回宮中設宴一事，雖不明白為何成雲開如此介意此事，但她也能察覺他此刻的不悅。

蘭亭亭只得裝傻充愣道：「還不是因為這次取藥之行頗為順利，若沒有翰林院的幫助，單是我太醫院出馬也不可能這麼快完成皇命，太后與皇上也定然不會忘記成大人的功勞。」

成雲開微瞇著眼睛看了她半晌，才忽然想起了什麼似的道：「阿蘭大人的吹捧對我倒是很受用，差點忘記等妳的目的。」

說著，從懷中掏出來一個掛飾，手掌大小，各色的細線纏繞在銀質的底座上。

「前兩日正巧有府中小廝回泉州老家，帶回這說是當地的特產，有祈福之意，就掛在了我的房門口，今日想來阿蘭女官也有幾月未曾歸家，不如贈與妳以解思鄉之苦。」

蘭亭亭內心狐疑、表面鎮定地接了過來，她並不知道這物件是否真是來自泉州，但是之前翻閱遊記時，書中的確提過與這飾物相似的擺件，在泉州被稱為「傳靈鎖」。

回到太醫院後，蘭亭亭將包裹中的東西都放回原處，又見到了入宮前那個落款為「春」字的男孩留下的信紙，連忙研墨，替阿蘭寫了封家書，告知她的現況，讓他們不必擔心。

寫完信封，蘭亭亭忽然恍然大悟，明白了為何心中一直有隱隱的不安。

她拿起成雲開送的傳靈鎖，仔細翻找，終於在最下面的圓鈎內側見到了上頭的刻字：泉州張氏。

她腦中嗡的一聲，不自覺地站起了身，手心冒出微汗，連忙翻出之前收到的家書，核對了半天字跡，終於確信，這是阿蘭的父親張朝貴的手書。

果然，成雲開哪會如此好心！他送她這傳靈鎖的用意，根本是在以阿蘭的父母來威脅她！

蘭亭亭一時心中五味雜陳。

遠在哀望山的阿蘭父母與她本毫無瓜葛，但此刻她正在阿蘭的身體之中，按照古禮，身體髮膚受之父母，她既然替阿蘭活下去，那麼自然也無法將她的父母置之不理。

再者，現實生活中家庭並不幸福的蘭亭亭，對阿蘭的家庭，有著她自己也難以言說的期待和憧憬。

只能說，無論成雲開究竟認為她是誰，他還是找到了能威脅她的方式。

蘭亭亭胸口發悶，走出了屋子，望著院子裡的竹林平復心境。

他既然以此來威脅她，那麼她不是也知道他的秘密嗎？

書中都未提及的、秘而不發的頭痛症，連陸伏苓這樣的名醫都診不出異常，卻被她撞見過兩次。她得偷來他的藥，找到能誘導他病發的病因。

蘭亭亭努力回想，中秋涼亭與溶洞崖壁發作的那兩次，究竟有何共通之處呢……

正想著，呂羅衣忽然來訪，神秘兮兮地告訴她，方才從孟樂無那裡聽來了關於她的消息。

「聽說晚宴後太后留住羅大人，便是為了這事，阿蘭，妳可能要發達了！」

蘭亭亭揚眉。「皇上難不成要賞我黃金萬兩？」

「想得美！」呂羅衣推搡著她笑道：「不過說真的，特意將羅大人留下，還提到了妳，定然是好事，估計明日便會下旨，妳呀，就等著接旨吧。」

呂羅衣的消息的確不錯，第二日一大早，就有宮中的大太監來太醫院宣旨。

羅遠山帶領一眾太醫院醫士下跪接旨，蘭亭亭跪在後面，豎著耳朵生怕落下一個詞。

聖旨中的確提到了她的名字，蘭亭亭一個激靈，便聽那公公道：「特令太醫院女官阿蘭，調任翰林院待詔之職，明日入宮。欽此！」

蘭亭亭直愣在當場，在呂羅衣扯著衣袖提醒之下，才怔怔地謝了皇恩。

待那太監走後，呂羅衣拉起蘭亭亭笑道：「我昨日沒騙妳吧？待詔為從五品官職，恭賀妳升遷之喜呀！」

蘭亭亭此時才終於反應過來，僵硬地扯起嘴角苦笑著，迎接著一眾醫士的恭賀。

皇上這是要做什麼？

那可是翰林院，是阿蘭書中的葬身之處，是剛剛以她的父母相威脅的成雲開的老巢，她去那裡豈不是羊入虎口？

難道老天注定要讓她重蹈阿蘭的覆轍？

第八章

翰林院位於宮中東南角，翰林學士承旨為翰林院眾學士之首，目前由時復履職。時復為前朝宰相穆淵的門生，而穆淵正是當朝太后的父親，雖已過世多年，但他在朝中的影響仍舊不減當年。

蘭亭亭聽著引她入宮的公公詳細的介紹翰林院的背景由來，心思卻在別的地方。她忍不住在公公換氣的檔口問道：「敢問公公，待詔一職，可是直屬於時大人手下？」

公公摸了摸眉毛。「這可不好說，待詔只是官職，至於在各部如何分配，還是要等時大人來最終敲定。」

說著，便到了翰林院的匾額之下，門口站著兩個小廝笑臉相迎，蘭亭亭卻有點笑不出來，因為他們剛一到，這二人之間的大門裡，便走出來一個人。

「沒想到昨日雲心宮前一別，今日就又見面了。」成雲開輕笑著走到蘭亭亭的身前。「想來我與阿蘭大人還真是有緣。」

一旁的公公掐起蘭花指，捂嘴笑道：「難得能見成大人出來迎接新來的學士，原是之前便打過交道，虧得阿蘭大人這一路如此擔心，現在可算是能放下心了吧？」

蘭亭亭內心苦笑，最擔心的就是碰上他好嗎！

成雲開同那公公寒暄了幾句，便將蘭亭亭引入了翰林院中，直到走入主殿前，院子裡都冷清的很，地上鋪滿了落葉，只有中間的大路上沒被紅葉覆蓋。

而主殿中卻與外面截然相反，熱鬧非凡。

屋中爭吵聲喧天，各大學士在殿中來回走動，一會兒看看這人撰的文稿，一會兒讀讀那人遞來的消息，一個個都和陀螺一樣，轉個不休。就算是蘭亭亭在太醫院最為繁忙之時，也從未見過這等場景。

成雲開見她有些微愣，忍不住抿嘴笑起來。

蘭亭亭在這吵鬧紛雜的環境下，終於艱難的在這群人中分辨出了時復的身影。

前一晚太后壽宴中代表翰林院獻上賀禮的，便是這位時大人。

此刻，他的身邊正跟著兩個手持信件的侍從，自從蘭亭亭來時他們便想將這信件遞到時復的手中，但一炷香的時間過去了，他們還沒有等到空隙。

蘭亭亭額角冒出冷汗，這一官半職竟然如此難升，換了個部門，竟然要忙碌至此？

她頓時更加懷念太醫院的清閒日子，連出差時的奔波都被映襯得那麼輕鬆自在。

她正呆立在門口懷念過去，忽然手中被人塞入了一封信稿，蘭亭亭連忙抬頭，便見時復一邊看著另一封密信，一邊道：「別愣著，去把這信上所提的位置都在地圖上標出來。」

「什麼？」蘭亭亭一時沒有聽清楚。

見蘭亭亭沒有反應，時復這才不悅的抬起頭，看到蘭亭亭驚訝道：「怎麼會有女人？」

成雲開上前一步接過蘭亭亭手中的文件。「這位是昨兒個從太醫院調來的女醫阿蘭。」

時復看了下掛在柱子上的日曆，一拍腦門道：「阿蘭女官對吧？好，先隨雲開去標記地圖。」說罷，才想起來介紹道：「我是時復，他是成雲開。」

見蘭亭亭點了點頭，他又拿著方才的信紙到屋中找下個人講話了。

「感覺如何？」成雲開引她到殿中最右側的石牆前，一邊拿起桌上的小旗子標記位置，一邊笑道：「與太醫院的悠閒相比，翰林院可不是能矇混過關的地方，想來阿蘭女官也還是有些真本事傍身吧？」

蘭亭亭沒聽他說話，只是認真讀著這信中提到的縣城，皆在西北側邊界，緊鄰陳國。

灤西……

她想到了那個小男孩，這些地方近日來受到陳國軍隊頻繁騷擾，難道書中的戰事要提前了？

成雲開見她半天沒有回應，側頭一看，便見她皺著眉頭，一副苦大仇深的樣子。

他探過身道：「不過是常態的邊境騷擾罷了，離兩國開戰還很遙遠。」

「如此篤定？」蘭亭亭質疑道。

成雲開挑眉，從一旁的桌上拿起另一封信，甩了甩道：「陳國已派使臣來京，不日將入宮覲見，翰林院近日就在忙這事，否則難道妳以為，翰林院平日裡也會忙成這樣？」

蘭亭亭鬆了口氣，方才他們二人交談時，殿中的爭吵喧譁聲都不絕於耳，真要在這樣的環境下天天上班，她覺得自己馬上就要心力衰竭了，成雲開的頭痛病怕不是因這而起。

時復吩咐完大殿中的學士們，又走路帶風的來到了地圖前，看著成雲開的標記，邊對照著手中的筆記看了許久，指了指當中兩個點對蘭亭亭道：「將這兩個鎮子近半年來的奏摺都翻閱出來，明天一早隨我去面聖。」

蘭亭亭震驚，且不說新官上任第二日便要同上司匯報材料，單是這兩個鎮子半年來的奏摺，都足夠她翻找一晚上的了。

沒有什麼比換工作第一天就加班更男默女淚的了。

蘭亭亭愁苦的點了點頭，正準備收拾心情開始幹活，便聽時復折返回來對成雲開道：「她先跟著你。」想了想又補充道：「別又把人給我用跑了！」

她天真了，比加班更可怕的是，頂頭上司是妳的死對頭！

她看著成雲開難得露齒的笑容，覺得背後一陣發麻。

「放心。」成雲開意味深長地看著蘭亭亭道：「阿蘭大人可不是一般人。」

說罷，時復又轉身離開，成雲開將手中的信紙遞到她手上，也隨時復出了殿。

蘭亭亭看著手中的信紙，當中寫著陳國來使的信息。此行共有三位大人，為首的是使臣司南陳，隨行的為御前侍衛馮蒼、使節鐘江，三人已於十日前從陳國邊境出發，預計三日後抵京。

成雲開午時出了宮，回府牽了匹馬去了熙王府。

「陳國使臣來京，太后是什麼意思？」熙王喝著茶，輕撫著三齒噬髓草的枝葉。

成雲開回道：「暫未明說，明日時復將會覲見太后，估計回來便會有下一步動靜。」

說罷，屋外忽然傳來一陣慘叫聲，成雲開向外望去，從側屋中拖出來個人，已被打得血肉模糊，奄奄一息。

熙王卻彷彿沒有聽到。

成雲開又道：「沈泉還未回來？竟讓王爺無人可用。下官手下還有幾個辦事俐落的人手，可隨時聽王爺調遣。」

「回來了。」熙王笑道：「也在那屋中，你去看看吧，看看死了沒。」

沈泉用了兩個月的時間，也未找全秦苒處的帳本。臨近陳國使臣來京，為首的司南陳是陳國四皇子一派，四皇子與太子素來不和，有爭位之意，若是太后在他的暗示下發覺了什麼，那熙王將會面臨叛國之罪。哪怕之前他只用沈泉來處理此事，可眼見使臣到來之際將至，他也不得不另尋他法。

而沈泉之所以找不到那關鍵的帳本，自然也少不了成雲開的暗中阻擾。

他在隱密的牢房裡見到了半死不活的沈泉，居高臨下的看著他，耳畔響起的是上一世沈泉對他說的話，他曾經那麼信任沈泉，當時卻被他一擊斃命，而如今，他們換了位置……

成雲開聽著耳畔沈泉痛苦的呻吟聲，卻絲毫感受不到痛快。他將手中的刀拔了出來，血濺了自己一身，染黑了墨綠色的朝服，滴答滴答的落在冰冷的水泥地上。

成雲開轉過了身，後頸隨著血滴的聲音一陣陣抽痛，他回想起當年第一次與沈泉相遇的場景。

他們來自同一個縣城，一路上他照拂著他，最初來到熙王府時，他們都曾犯過錯，他不止一次為他頂罪、替他受罰。

但人都會變，權力、慾望會使人看不清自己，忘記自己。成雲開親手葬送了他，也葬送了曾經的自己。

蘭亭亭在翰林院的書房坐了一下午，天黑了，她又點燃了燈油，就著昏暗的燈光，繼續翻閱著奏摺。

兩個月來，經歷了複雜刁鑽的各類藥草、病症記載，她已經能相當熟練的讀懂文言文了。如今說一目十行誇張了些，卻也能夠幾秒鐘抓出一本奏摺的關鍵資訊。

她揉了揉腰，伸了伸背，在書房打雜的小廝舉著一柄更亮的燈放到了她的桌上。

蘭亭亭抬頭瞅了瞅，這小廝面容清秀白淨，宛如一個女孩子，她笑道：「你可以先回去休息了，我今晚不會走了。」

那小廝懂事的站在一旁道：「大人有事可隨時吩咐，小的也不走。」

「可巧了！」成雲開忽然走了進來。「連雲正是我派給妳的小廝，沒想到你們倒在這兒先見到了。」

蘭亭亭見成雲開半天不見還換了身衣服，又是一套華貴的常服，暗自腹誹了他的驕奢淫逸，頗為驚訝道：「我還能有專門的小廝？」

成雲開一臉的嫌棄。「好歹妳現在也是從五品的官職，到了地方也能壓縣令一頭，有個小廝不足為奇。妳看現在這院中甚是冷清，便是因為其他待詔、學士皆在宮外有自己的居所，而妳來得太突然，宮外暫時還沒有能安排的地方，所以只得先在翰林院住下，由連雲負責妳的起居。」

蘭亭亭大驚。「起居？」

「大人不必擔心。」連雲柔聲道：「小的十二歲便已淨了身，在宮中履職多年，規矩都熟得很。」

蘭亭亭揚眉看著成雲開，見他沒什麼反應，轉念一想，既然是白送的人，那不用白不用，便也從善如流的吩咐他去打掃自己的房間。

她正欲繼續翻閱奏摺，卻見成雲開也坐了下來，竟還從一旁的桌上倒了杯茶，絲毫沒有要走的意思。

她忍不住道：「外面天色已晚，成大人該回府了吧？」

「不急。」成雲開品了口茶道：「阿蘭大人如此繁忙，我哪有回家睡覺的道理，自然是要陪妳到天明的。」

蘭亭亭看著完全沒打算翻動身旁一疊奏摺的成雲開，內心一陣狂罵，問候了他的祖宗十八代。

比頂頭上司是死對頭更慘的，是加班的時候，這廝還打著同甘共苦的名號來當監工！

時復點出的兩個鎮子分別是下池鎮和福寧鎮，都位於灤西，是燕國的邊城。

蘭亭亭翻閱了一晚上的奏摺，眼睛已然發直，太陽升了起來，燈油也徹底燃盡。她看了眼角落靠著牆睡著的連雲，連打了幾個哈欠，擠出了眼淚。

成雲開放下了手中的摺子，好奇道：「有什麼結論？」他這一夜也沒有合眼，但卻並不像蘭亭亭一般狼狽。

「陳國騷擾邊城的次數明顯減少，與我邊境幾次摩擦最後都以民間和談結束。」

成雲開搖了搖頭。「沒了？」

蘭亭亭困惑地看著他。

「這些摺子太后和皇上都看過，妳覺得時復讓妳看，是為了讓妳將他們知道的事情重新講一遍？」成雲開反問。

蘭亭亭想了想，翻出其中兩本被她標記過的奏摺，說道：「一個月前在下池鎮發生過衝突，幾個漁夫被陳國巡邏的侍衛扣下，交涉之後只還回了一半人，但是十幾日前，陳國使臣出訪後便將剩下的漁夫也帶回了村子，由此看來，這回他們來京的目的應該是和談。」

成雲開沒有回應，忽然拿著摺子站起身，看了看屋外的太陽，道：「到時辰了。上朝前的半個時辰太后和皇上會召見時大人，去主殿找他吧。」

蘭亭亭聽他這麼說，本以為此次面聖的時間會很久，卻沒想到，太后在聽完時復和她的匯報後，只淡淡的說了句。「就由阿蘭愛卿來接待陳國使臣，負責兩日後的接風宴。」

蘭亭亭在小皇帝讚許的目光和時復肯定的話語中，一個頭、兩個大。

且不說迎接敵國使臣危不危險，單是這接風宴要辦成什麼規模，是以對待什麼級別的友邦的態度來對待他們，她心中都毫無頭緒。

出了殿，她便心急火燎地拿著翰林院中有關接待使臣的書籍，奔赴東街甄選客棧。

東街是京城最為富貴的一條街，王府、侯府都座落在此，朝中大官也興在這附近選址建房，只為住得離天子近些。

東街的南側便是幾家聞名全國的酒樓客棧，蘭亭亭用了一個下午的時間走遍了這些客棧，終於選定了嘉軒閣。

老闆聽聞是宮裡來人，立馬為她騰出了房間，將未來十天的客棧包給了她。

走回宮的路上，她忽然想到前一晚成雲開說的話，翰林院大多數官員都已在宮外有了居所，她總住在後院也不是辦法。

她盤算了一下自己現在的積蓄，又到東街附近的街巷逛了起來。

綠瓦紅牆，獨棟獨院，那是她在過去的世界夢寐以求卻又望塵莫及的東西，如今，只需要再有一年的俸祿，便能擁有。

蘭亭亭第一次覺得，在這樣的世界平靜的生活，對她而言也未嘗不是一件幸事。

她路過了一座異常冷清的院子，正打算墊著一旁的樹根爬得高些，看看院子裡的設計，卻忽然被人撞了一下，她跌了下來，一屁股坐在地上。

「是妳！」

蘭亭亭正扶著樹根站起身來，還未開口，卻聽撞她那人驚喜的叫了出來，這聲音十分稚嫩，一低頭，正是之前在西街騙了她銀子的小男孩。

蘭亭亭連忙揪住他的袖子，質問他道：「你那天跑哪兒去了？」

男孩嘟嘟囔囔說不出個所以然，試圖掙脫她的束縛。「我有事！」

「小小年紀，得說實話。」蘭亭亭將他拎到了牆邊，問道：「你這一身衣服怎麼回事？」

男孩身著一身華貴的長衫，雖然被穿得有些凌亂，但不難看出是在店裡量身訂製的上品。她給的碎銀子頂多夠他購置一身普通的衣服，絕不可能買得起這件。

「別人送我的。」

「你不是在西街嗎？」蘭亭亭半信半疑，又問道：「怎麼跑到東街這裡了？是因為送你衣服的人住在這附近？」

男孩聽出她在套話，憋著氣不出聲。

蘭亭亭也不問了，敲了下他的腦袋道：「正好，你跟我走吧，你那信還在我這裡，你還寄不寄了？」

說著，她攬過他的肩膀，拉著他朝嘉軒閣走去。

「你說我也不能成天你你你的稱呼你，你總得告訴我你叫什麼呀。」

男孩邊走邊回頭看向方才那棵樹旁的小路，蘭亭亭也順著他的目光看去，那裡空盪盪的，什麼也沒有。

「阿豐，我叫阿豐。」他轉回頭，低頭回道：「豐收的豐。」

蘭亭亭索性將他暫時安置在嘉軒閣的一間普通單間，不在他們的主棟之中，而是臨近後院。

「那信我不寄了，妳把信還給我吧。」阿豐坐在椅子上喝著熱騰騰的水，忽然開口。

「那你得先回答我幾個問題。」蘭亭亭撇著茶葉。「你之前說，你的家鄉在下池鎮沒錯吧？你爹娘是做什麼的？」

阿豐站了起來，有些著急道：「那是我的東西，妳憑什麼不給我？我要去衙門告妳！」

蘭亭亭卻笑了起來，點點頭伸出手道：「好啊，你去告吧！我這裡可有你的欠條，你得先把錢還我，況且你那封信壓根兒就不值錢，我可以還你一張更貴的、嶄新的信紙，只是可惜了，不是姊姊給你的那封。」

阿豐脹紅了臉，好半天才又洩氣般的坐回椅子上。

「我們家在下池鎮南二街口。我爹常去湖中打魚，有時也去種地，我娘也種地。」

「那你可曾見過陳國人？」蘭亭亭邊說邊比劃。「就是那種穿著盔甲、拿著大刀的侍衛。」

阿豐咬了咬牙，極恨似的道：「見過，上個月還來過我們鎮上，我爹那天幸好沒去打魚，不然……」他說著，有些紅了眼。「不然就跟隔壁家的叔叔一樣被他們擄走了！這幫王八蛋！」

「聽說後來陳國人承認抓錯了人。」蘭亭亭又道：「他們如今回來了嗎？」

「放人？他們哪裡是放人，妳見過將人抬回來放人的嗎？」阿豐握著拳道：「我來京就是為了投奔姊姊，讓她幫我在京城謀個差事做，等攢了錢了就將爹娘接過來，下池鎮已經沒法待了。」

蘭亭亭情緒翻湧，無論是太后今日所提的接風宴，還是此事交由翰林院負責的決定，不說支援和談，但至少太后對陳國的態度是中立緩和的。而這樣的態度不知有多少是基於她所轉述的資訊，那摺子上的內容，雖然不都是假的，但也的確掩蓋了許多事實。

她忽然有些動搖，她今早擅自的分析究竟是不是對的？

書中，陳國並未在這一年委派任何使臣前來，她隱隱覺得，他們的到來或許也與秦苒過早的死亡有關。她到現在都還不清楚，成雲開的表現為何與書中不同？他殺秦苒的動機和目的究竟是什麼？

這些日子以來，一直有一個可怕的想法在她的腦海中若隱若現，她不敢去深究，怕誤入更難的境地。

蘭亭亭臨近傍晚才回宮，卻沒有直接回翰林院，而是先去了御膳房。

御膳房總管一見她的到來，頗為熱情的迎接，蘭亭亭忽然想到甘靈兒之前同她說的將要有大事發生是怎麼回事了。

看著總管一臉的笑容，想必一早便知道陳國使臣將來訪的消息，也難怪會提前讓甘靈兒去研究他國的美食。

寒暄過後，她粗略定了菜品，但最終敲定還須等到成品試吃，此事總管交由甘靈兒全權負責，倒讓蘭亭亭踏實了不少。

出了御膳房的門，卻見連雲等在門口，為她披上了一件外衫。

蘭亭亭還有些不習慣，道了謝，只聽連雲惶恐道：「小的應該做的，若能替大人分憂，是小人的榮幸。」

她一聽他這樣說，腦海中還真列出了一系列的事情，需要他替她跑腿。

另一邊，成雲開一整日都在跟著時復翻閱幾十年前的摺子，本來熬了一夜就有些睏倦，如今雙目痠痛，剛回了府上，卻見侍從神色慌張的樣子，問道：「何事？」

那侍從連忙跪下身道：「大人，那孩子翻牆跑了，我派人去追，卻見阿蘭女官彷彿同他認識一般將他帶走，小的便沒敢現身了。」

「現在人在哪裡？」

「回大人，被阿蘭女官安置在了嘉軒閣。」

成雲開撫額，怎麼又是她？

接風宴當日，蘭亭亭起了個大早，安排連雲去處理宴會之事，自己則是去城西迎接陳國使臣。

接陳國來使一行人到了嘉軒閣入住，蘭亭亭在樓下大堂等待他們收拾行李的間隙，她帶著阿豐到後院找了趟老闆娘。

老闆娘迎上前去，便聽蘭亭亭道：「客棧可還有什麼空職可以給他安排個活兒幹的？」

老闆娘為難的看著她，這男孩看起來就不是聽話老實的人。

蘭亭亭拍了拍阿豐的後背道：「先做些打雜的，找到你姊姊之前，總要能養活自己，自己都養不活，還怎麼接你父母來京？」

蘭亭亭的話觸動了他的心弦，阿豐對著老闆娘保證道：「我什麼髒活、累活都能做！」

老闆娘看了眼蘭亭亭，無奈道：「看在這位大人的面子上，你自然可以在我這裡謀職，可不要辜負了大人的一番好心。」

安排好了阿豐的去處，蘭亭亭又回到大廳，見司南陳等人已然整裝待發，便引他們上了馬車，入宮覲見皇上和太后。

蘭亭亭候在殿外，沒有聽到他們交談的內容，但是司南陳等人出殿前，她瞥見了太后的神情，舒緩放鬆，似乎對這次的交談內容十分肯定。

「今日已在嘉軒閣為幾位使官安排了晚宴，下午還有些時間，不如我帶諸位遊歷一下京城的大街小巷？」會見結束後，蘭亭亭向使節團提議道。

侍衛馮蒼似是對這提議有些不滿，在司南陳的耳畔說了點什麼，後者拍了拍他的胳膊，對蘭亭亭致謝。

「多謝蘭大人盛情，下官客隨主便，唯須尚得返回客棧將今日的覲見之事記錄下來，以便回國稟報，就不勞費心多安排了，就在回驛站的路上走走逛逛即可。」

另一位使節鐘江也跟著拱手致意。

說是帶陳國使臣參觀，其實也是蘭亭亭自己想利用難得的機會在京城轉上一圈，從來只在太醫院、皇宮兩頭跑的她，如今也見識到了京城高高的圍牆、寬闊的運河、市井的煙火氣。

她的心情好得很，見司南陳也微揚著嘴角，主動開口問道：「大燕與陳國的京城有很大不同嗎？」

司南陳笑了下，回想道：「差不太多，不過我們的運河繞過了京城，因為在城外，樹更多些，街道上沒有如此熱鬧。」說著，他側身躲過了幾個在街巷中奔跑的孩子。

蘭亭亭笑道：「大人這是第四次來我燕國了，幾次下來可覺得有何變化？」

「上一次來都是十多年前了。」司南陳捋著鬍鬚道：「燕國盛產布疋，南方土質好，適宜種植糧食作物，而我國手工技術較強，編織、刺繡等手工技藝傳播較廣。兩國所需本是互補，若能和談成功，自然對兩國都大有裨益。」

「和談自然是最好的結果。」蘭亭亭想到了阿豐的家鄉，又道：「但邊境的衝突總也要有個說法，總不能今日抓了人，明日放走了，便當無事發生了。大人與燕國交涉十餘年，自然也明白我國百姓的脾氣，若是貿然和談，皇上答應了，邊境的百姓天高皇帝遠，也很難對過去的事善罷甘休。」

司南陳停下了腳步。

「妳這話是什麼意思！」馮蒼大聲道：「若不是你們派人潛入我軍邊境營地之中，我們又怎會率兵搜索？你們的人竊取了我們的布防圖，難道讓我們忍氣吞聲嗎？」

「馮蒼！」司南陳回身喝道：「出客棧前我怎麼與你說的？」

馮蒼喘著粗氣，不忿的瞥了眼蘭亭亭，小聲道：「她道聽塗說，我還不能反駁了？」

「阿蘭大人的意思是，除了皇家，我們還有問題需要解決。」司南陳似是有些疲憊，搖了搖頭道：「邊境的紛爭，身為使官，我也無法保證何時能夠解決，但至少目前，我們的皇上是有和談之意的。至於邊境百姓之間的衝突，需要兩國的官員共同處理。」

蘭亭亭得到了想要的答案，道：「是阿蘭唐突了。」

司南陳對著馮蒼使眼色，他才抱了拳道：「馮蒼失禮。」

「時辰不早了，晚上的接風宴還有些事需要我去確認，三位大人且先在這裡休息，隨時可乘馬車回嘉軒閣。」蘭亭亭欠了身。「阿蘭先行告辭了。」

回了宮後，她沒有立即去忙活接風宴之事，而是請旨面見聖上。

景元殿外風很大，蘭亭亭背著身子，凍得指尖發涼，終於在一炷香後獲准覲見，殿中還有時復和成雲開的身影。

「稟皇上、太后，臣與司南陳交談中發現，他此次並非代表陳國全國的態度，只是陳國皇室，而目前陳國國情複雜，皇帝稱病，鮮少理事，太子、四皇子爭權，邊境騷動皇室鞭長莫及，哪怕此次能夠和談成功，邊境問題也難以根治，仍須從長計議。」

太后笑道：「時大人方才還說阿蘭女官新來乍到，將迎接使臣一事全權交於她做難度頗大，聽她此番話，可能放心了？」

蘭亭亭原本心中有些忐忑，畢竟太后之前的意思也是支持和談，如今她貿然阻止，若是引得太后不悅，的確得不償失。

幸好現在看來，想必太后只是面上同意，心中還有另一番打算了。

時復回道：「此事事關兩國邦交，的確得從長計議，司南陳此人向來是主和派，對我大燕頗為瞭解，但在陳國國內卻並不受寵，可見陳國對此次出使也並非十分看重，和談之事仍可能生變。現在邊境衝突，我國士兵正是怒髮衝冠之時，陳國自然會贊同和談，但此次風波過後，陳國皇室會不會翻臉不認帳還很難說。」

覲見到了最後，太后也未給出明確的方向，蘭亭亭有些發愁，今日的晚宴，究竟該以什麼態度來接待呢？

過於熱情，對不起邊境百姓，過於冷淡，若萬一最終仍要和談，則不好提出條件。

正想得專注，她的身上忽然披上了一件外衫。

蘭亭亭側頭一看，原是連雲從御膳房回來了，他道：「甘女官已經帶了些人去嘉軒閣籌備晚宴了。」

蘭亭亭肯定的點了點頭，隨即趕回了嘉軒閣。

回到了嘉軒閣，蘭亭亭先行前往後廚，見到了忙得腳底起火的甘靈兒。

這段日子甘靈兒已然褪去了有些稚嫩的嬰兒肥，尤其這兩日瘦得明顯，她正品嚐著各類菜色，謹慎確認每個環節，避免出錯的可能性。

見後廚沒什麼問題，蘭亭亭又到臨時搭建的舞臺後察看進度。

為了體現燕國的特色，宣揚本國文化，蘭亭亭從南街巷子裡找了一支口碑最好的戲班子，又向內務府要了幾位樂師助陣。

也不知是過去電視劇看多了還是這一陣子過於焦慮，蘭亭亭總怕這宴席出事，雖然點了大燕最有名的一齣戲，但卻沒許戲班子用平日裡的模擬盜槍，而是換成了紙做的。

她方才又檢查了一遍，才將將放了心。

此時回到大堂，見成雲開進來了，她朝外面看了看，問道：「時大人還未到嗎？」

成雲開淺笑道：「他不來了。」

蘭亭亭皺眉。「那待會兒誰來主持宴席？」

成雲開挑了下眉，歪了下頭。

蘭亭亭有些驚訝。「您？」

「唉。」成雲開一副受了委屈的模樣，感慨道：「看來阿蘭女官嫌棄我官職低微，不配主持晚宴，著實有些傷人呀。」

蘭亭亭呵呵一笑道：「下官哪裡敢，成大人雖然只有三品官職，卻操著一品大員的心，阿蘭應當向成大人學習才是。」說罷，行禮告辭。

成雲開搖了搖頭笑道：「最好是。」

接風宴在店小二一聲上菜聲中正式開啟，一旁舞臺上的戲班子瞪圓了眼睛耍著把戲，唱腔鏗鏘有力，奏樂振奮激昂。

蘭亭亭看著一桌子的大餐，心中暗暗讚嘆甘靈兒的大好廚藝。成雲開和司南陳相互客套了幾句沒什麼實質內容的官話，在疏離又不失禮貌的氛圍中，晚宴有序的進行著。

「司大人可曾聽過燕國的戲文？」

「倒是頭一回聽。」司南陳閉著眼睛跟著曲調點著頭。「與我陳國相比，更粗獷些，振奮人心。」

正說著，忽然砰的一聲，蘭亭亭回頭看去，還以為是戲臺上的人在舞刀弄槍發出聲響，卻見阿豐空著手怔怔地看著司南陳，他的腳下是一盤散落的菜餚。

老闆娘聽見聲音連忙跑過來，抱歉道：「各位老爺對不起，這是我們新來的夥計，人手不夠才讓他出來端菜，驚到各位老爺了！」

說著，試圖按著阿豐的肩膀讓他鞠躬，他卻梗著脖子，一副誓死不從的模樣。

成雲開微瞇著眼看著他，喝了口酒。

蘭亭亭連忙起身道：「叫人來打掃，既然是新來的夥計，也就算了，別讓他再來端菜了！」又對司南陳等人欠身道：「是我考慮不周，各位大人且繼續，我處理下事情。」

到了後院，老闆娘將阿豐交到了蘭亭亭的手上，他仍是一副不忿的模樣道：「妳怎麼跟陳國人一起吃飯？」

蘭亭亭拍了下他的腦門道：「知己知彼，百戰不殆聽說過沒？」

阿豐搖了搖頭。

「不瞭解你的敵人，不跟他心平氣和的坐下來交換信息，如何能夠在未來制敵取勝？」

阿豐似懂非懂道：「那就是說妳不是跟那幫混蛋一夥的了？」

蘭亭亭摸了摸他的後腦勺道：「當然不是！我讓你留在這裡，也是因為若陳國以後再做出什麼破壞兩國邦交之事，你能作為人證將當初下池鎮的事情講出來，皇上、京城的百姓、全國人才能知道他們對咱們做過什麼。而現在，你只需要好好找份差事，安靜的等待，還沒到時候。」

蘭亭亭見他困惑的模樣，笑道：「你此刻還不懂沒有關係，但是以後不可一見到陳國人便衝動行事了，明白嗎？」

阿豐似懂非懂的點了點頭。

蘭亭亭捏了捏他的臉，轉身朝大堂走去，卻聽裡面傳出一聲驚叫，她連忙快走了幾步，只見老闆娘一臉驚恐的朝她跑來。

「大、大人！出人命了！」

她心中咯噔一下，手心瞬間冒出汗來，連忙跑進大堂，便見方才司南陳的位置圍了一圈人。

司南陳倒在地上，口吐白沫，雙眼翻白，捂著肚子不住地抽搐。

「都離飯桌遠點，誰也不要動！去後廚叫甘靈兒過來！」蘭亭亭一邊大聲吩咐，一邊診上他的脈。「快，把催吐的東西拿來！」

她將司南陳身子側了過來，清理著他口中的穢物，眼睛看向一旁桌上的菜餚。

毒。

成雲開同她想的一樣，已經在第一時間試過了銀針，但顯然是徒勞的，菜裡沒有毒。

怪了，他們明明吃的是一樣的東西，卻只有司南陳成了這副模樣。

到底是誰想要殺他？

御前侍衛馮蒼當場便拔出長刀，要蘭亭亭給個說法。

「他還沒死！」成雲開將他喝住。「阿蘭曾任太醫院首席女醫，你若不想他被救下，便繼續搗亂吧，還是說你已經迫不及待希望他死了？」

馮蒼說不過他，將刀甩到一旁，焦急地踱步。

她算是什麼太醫院首席女官！

蘭亭亭暗自翻了個白眼，她知道得並不比其他人多，除了食物中毒應用催吐一法，她當下沒有別的辦法，所以才急忙叫來甘靈兒。

甘靈兒來的路上已聽聞此事，連忙上前檢查菜餚，翻看了許久仍是一臉疑惑道：「怎麼會……」

蘭亭亭喝住她道：「先救人！麻煩成大人且將這些飯菜酒水封存保管好。」

成雲開對她點了點頭，命人叫來了馬車。

第九章

經過了太醫院一夜的搶救，司南陳的性命終是保了下來，但卻始終昏迷不醒。

「傷了肝和腎，哪怕醒過來也難以復原如初了。」羅遠山嘆道。

蘭亭亭的腦子裡嗡了一聲，她深呼吸著，儘量平靜地問甘靈兒。「剛才妳發現了什麼？」

甘靈兒也著急地皺緊了眉頭。「有幾朵蘑菇我沒見過，不應當出現在這裡，我用的都是宮裡的食材。」

「那為什麼我們沒事？」蘭亭亭回想著，自己也曾吃過那菇。

甘靈兒搖了搖頭。

羅遠山診了診蘭亭亭的脈，脈象格外有力。「妳現在什麼感覺，可有胸口微脹、呼吸急促的癥狀？」

蘭亭亭自然是有這感覺的，但她原以為是由於此次宴會出事，心情波動所致。

羅遠山又問：「他有什麼菜是不吃的嗎？」

蘭亭亭回想許久，每一道菜他似乎都動了筷子。

「沒有。應當都和我們一樣，若說哪裡不一樣，便是他自己帶了酒，沒有喝我們拿來的。」

說罷，她想起了什麼，探出頭去找成雲開，沒看見他，卻見一個小廝迎上前道：「成大人入宮了，吩咐小的過來，您有事可以吩咐小的。」

蘭亭亭來不及細想，連忙吩咐他將司南陳的酒壺與酒杯拿來。

很快的，東西送來了，她接過這酒，掀開酒塞便覺得有些異常，探鼻一聞，皺眉。

「這是茶！」

羅遠山接過茶壺一聞，確實沒錯，立即命人去查這茶之中究竟有沒有東西與那蘑菇相沖。

蘭亭亭拉過甘靈兒，怕她緊張害怕，安撫了她許久才問道：「妳還記得這道菜做的時候，有什麼異常嗎？」

甘靈兒搖搖頭。「後廚當時太亂了，五、六個人同時在做菜，還有往來前廳與後廚的小二。我也問過做菜的人了，當時沒有人注意到蘑菇有被替換。」

蘭亭亭拿過後廚還剩下的蔬菜筐子，在當中翻找了一陣，拿出了四、五朵黑色的蘑菇遞給甘靈兒。

甘靈兒又仔細分辨了許久，才挑揀出有問題的那個。

「羅大人，太醫院可有記載這菇叫什麼名字？有何毒性？與何物相沖嗎？」

羅遠山皺著眉頭，點著桌子道：「這範圍太廣了，至少要三天才能查出來，但我見成雲開已經去面聖了，這事兜不住三天，估計馬上皇上便要宣妳入宮給他一個解釋了。我看與其等他召見妳，不如妳自己主動請罪。」

蘭亭亭看了看天邊升起的太陽，她怎麼也想不到自己竟然是以這樣的方式重回太醫院的。

她的心中亂得很，她知道羅遠山說的不錯，她是要去負荊請罪，但是在這之前，她還得先做另一件事。

蘭亭亭又回到了嘉軒閣，這回帶上了她向成雲開要來的人馬。

「昨日曾往來過後廚、前廳之人，全部扣押！」

在嘉軒閣一陣喧譁聲中，蘭亭亭扭頭就走，入宮向皇上請命戴罪立功。

可惜還未到宮門口，便被另一支隊伍攔了下來。

成雲開坐在高大的馬背上，對蘭亭亭身邊的翰林院侍衛下令。「將罪臣阿蘭即刻扣押，關入刑部大牢，聽候發落！」

不知為何，聽罷他這句話，蘭亭亭原本一直懸著的心反倒落了地。

她盯著成雲開的雙眸，試圖從他的神情中分辨出現在的情況，卻什麼也看不出來，兩旁的侍衛上前想要抓住她，她甩了下袖子。

「不要碰我，前面引路就是。」

說罷，她抬頭對居高臨下的成雲開道：「嘉軒閣的人我扣下了，望成大人秉公辦案。」

刑部大牢沒有蘭亭亭想像中的陰森，她被關押至一處單獨的牢房，外頭有四、五個獄卒看守。

蘭亭亭將旁邊的草墊鋪開，無奈地坐在柵欄的旁邊，遠遠望著那些獄卒在外頭喝酒搖骰子，忽然福至心靈，將那獄卒喊了過來。

「喂！帶我一個唄，人多才好玩啊。」

獄卒上下打量了她半天，問道：「妳身上什麼也沒有，用什麼賭？」

蘭亭亭呿了一聲，看傻子一樣的看著他。

「怎麼說我也是堂堂從五品官員，不過一朝落難，過兩日便會出獄，到時再拿銀子給你們不就好了，我這是給你個機會發財，懂不懂？」

獄卒看著她，沒有很想理會的意思，蘭亭亭又試圖說服。

「我告訴你，方才帶我來的那位大人你認得吧？他正是翰林院最出色的成雲開成大人，我跟他同在翰林院共事，不出兩日他就會親自來將我接回去，你真的不用擔心收不到錢。」

獄卒還是不信，她只好使出絕招了，想了想，從懷中掏出傳靈鎖，在那獄卒面前快速揮了揮。

「好啦好啦，這是我的傳家寶，我就先拿它來跟你們賭一把行了吧？」

有籌碼就好說話了，幾個獄卒這才同意讓蘭亭亭加入賭一把。

不出一個時辰，蘭亭亭便將那五人的銀子都收入了囊中，她揮舞著傳靈鎖笑道：「別喪氣嘛，放心，我不要你們的銀子，還能給你們指條路發家致富，不過——」

見他們眼冒金光的表情，蘭亭亭挑眉道：「我這兩日在這裡，你們可得好好伺候我，知道嗎？」

債主發話了，不用賠銀子，幾個獄卒當然樂於從命。

直到蘭亭亭入獄的第三日，皇上終於下旨釋放阿蘭女官，召其進宮。

成雲開再度騎著高大的駿馬來到了刑部大牢前，蘭亭亭早已在大門口恭候了許久，一旁的獄卒似乎對她的離開還有些戀戀不捨，仍在爭分奪秒的同她交談。

與成雲開原本設想的並不相同，蘭亭亭在裡面似乎過得十分滋潤，連臉頰都圓潤了些許。

蘭亭亭之所以這般自信自己會沒事，便是相信羅遠山的能力，也相信皇上和太后不會甘於認下謀害他國大使的罪名。將她關入大牢，同她當時立即將嘉軒閣的全部人等關押起來是一個意思。

只有最快的反應、最狠的動作，才能爭取足夠的時間調查真相，應付外界的議論。

她見成雲開下了馬，對他笑道：「幾日不見，怎麼成大人身形消瘦了些許，不知道的還以為坐牢的是您，而不是下官。這幾日翰林院的伙食不好嗎？我在刑部大牢裡倒是還不錯。」

「阿蘭大人真是不會令人失望。」成雲開也笑道：「時大人還說擔心妳在大牢之中會想不開，做出些荒唐事來，我同他說不要小看妳，果然真被我說中了，沒想到妳在這兒也能混得風生水起，甚至和獄卒打成一片，不知是有何妙計？」

蘭亭亭歪頭笑道：「既然皇上召我進宮，那咱們且先去吧，等聽完聖上吩咐，再回翰林院寒暄也不遲。」

有何妙計？既然是妙計，自然是獨一無二、不可複製的，蘭亭亭回頭朝那些獄卒揚了揚眉，道了別。

進了宮，當皇上見到她比前幾日紅潤有氣色的模樣，忍不住先好奇問道：「為何我見別人坐了幾日牢便身形消瘦、面色蠟黃，阿蘭愛卿竟比前些日子面色好了許多？」

蘭亭亭欠身行禮。

「許是前些日子為這陳國官員的接風宴犯愁所致，這幾日真到了獄中，反倒無欲無求，看淡生死，食慾、心態自然有所提升。」說罷，她還看向成雲開道：「不似成大人為這事忙前忙後，忙得印堂發黑。」

成雲開挑眉，忍不住抬手摸了摸自己的臉，這幾日沒怎麼睡，當真如此憔悴？

太后在簾子後面厲聲道：「妳這接風宴出了大事，讓皇上和哀家如此擔憂，又令翰林院、太醫院、御膳房跟著忙前忙後，自己反倒在獄中獨享清靜，竟還有膽量說這樣的話？」

蘭亭亭連忙跪下身來，叩首道：「下官不敢。阿蘭之所以敢這樣說，是因為下官知道，此次下毒一事與我大燕並無關係，是司南陳自己偷偷調換了酒壺，以致出了此事。能利用此事行下毒之事的人，定然對司南陳有足夠的瞭解，而我大燕之人若要下手，斷不必採用如此迂迴的方式，甚至有可能因不瞭解他而失敗。」

「話雖不錯，」太后的語氣緩和下來。「但畢竟是在我大燕京城出了事，如何也脫不了干係。」

「但下官以為司南陳中毒一事，反而能成為兩國推進關係的契機。」

太后追問道：「此話怎講？」

「既然我大燕沒有人下手，那麼還能有誰呢？」蘭亭亭頓了頓，又道：「不妨將計就計，且看馮蒼與鐘江做何反應，若能借此查出他們背後的關係，對明確陳國下一步的態度、行徑一事定能有所助益。」

蘭亭亭見殿中無人回應，叩首道：「阿蘭斗膽，請命徹查此事！」

太后沈默了許久，開口道：「皇上以為如何？」

皇上點了點頭道：「不妨給阿蘭愛卿一個機會。」

從皇宮出來後，他們直奔京城衙門的牢房。

路上，蘭亭亭一改方才帶笑的表情，掰算著手指頭，掀開馬車的簾子問成雲開。

「嘉軒閣的人都放了嗎？已經三日了，做做樣子也差不多了。」

成雲開騎著馬。「除了最有嫌疑的四個人，其餘都放了。」

他們自然都心知肚明，所謂最有嫌疑，不過是最有合理的動機對陳國使臣下手，正好可以將計就計，給陳國一個想要的答案。而真正下毒的人，也不會是馮蒼或者鐘江，而是藏在暗處的某個密探。

「都還剩下誰？」

蘭亭亭想在到達牢房前瞭解一下他們的情況，以便到時直接審問。

「老闆娘自然還沒放走，後廚有兩個幫廚，在入宮前有過暫居陳國的經歷，還有一個，」成雲開意味深長的看了眼蘭亭亭。「是個小男孩，當時摔了個盤子的那個，好像叫，秦豐。」

「秦……豐？」

蘭亭亭想起來那張借條的落款，原來不是「春」字，而是「秦」。

姓秦？

蘭亭亭忽然生起了一種不祥的預感，若那孩子之前所說沒錯，那他的姊姊，那個在宮中當官的姊姊，難道是……

突然砰的一聲，馬車被撞向一旁，蘭亭亭撞到了車廂上，她連忙穩住身形，便聽成雲開在外頭喊道：「保護馬車，緝拿刺客！」

她連忙掀開車簾，見一個蒙面人正拿著長刀與侍衛廝殺，那人身材高大，武功高超，幾人都難以將其制服，只能將他圍在路中間。

蒙面人見蘭亭亭掀開了簾子，忽然向側面砍了幾刀，逼退了一旁的侍衛，踏著街邊廢棄的木車架子，飛簷走壁般上了牆，三下五除二便衝到了馬車頂上，一刀下來要砍向蘭亭亭——

她震驚的向後退，卻無處可躲，坐倒在地，伸手在地上摸到了一把油紙傘，連忙頂開了傘，試圖阻攔。

幸而，這刀並未砍上來，她的油紙傘完好無損，只是被濺上了一道鮮血，正迫不及待的沿著傘面向下滑落。

「馮蒼！你可知刺殺朝廷命官是何罪名？」

成雲開的聲音鏗鏘有力的響起。

蘭亭亭收了傘，扶著一旁的車沿站起來，卻見成雲開背著手，他的肩上劃破了一道寸長的口子，血正在不停地滴落。

蘭亭亭當機立斷扯下外衫，按住了他的肩膀。

「此話我正要問那個女人！」馮蒼見被他識出了身分，乾脆扯下了蒙面的布條，垂著刀，站在馬車下喊道：「謀害我當朝使官，只蹲了幾天牢便完好無損的放出來，你們燕國，就是這樣包庇犯人的嗎？」

蘭亭亭回道：「馮蒼大人，您身為陳國御前侍衛，在司大人出事的第一時間又做了什麼？需要我的幫助時忍氣吞聲，如今司大人性命保全，又來找我興師問罪，大人不覺得此舉有些兩面三刀，為人不齒嗎？」

「妳！」

馮蒼自然說不過她，見圍觀的百姓越來越多，有些猶豫要不要上前。

便聽蘭亭亭又道：「大人若是不信任下官，正巧我同成大人要去衙門審問相關人等，可以同行一同監審。」

見馮蒼神色動搖，蘭亭亭又做出一副擔憂的模樣道：「不過您方才傷了成大人，還須等他處理完傷口，才能進行審問。」

馮蒼看了眼成雲開，又看了看自己刀口的血，有些彆扭的抱了拳。「成大人，我無意傷你，司大人如今還昏迷未醒，故而我方才行事魯莽了些，望你見諒。」

「無妨。」成雲開瞇著眼睛絲毫不給面子地回道：「馮大人好身手，若是處事時也能這般高明，想來早已伴駕貴國皇帝左右，何至於到這般境地。」

馮蒼隨著一行人到了京城府衙，蘭亭亭取來金瘡藥和紗布，去往知府安排的客房，成雲開正側著身子靠在椅背上，看著窗外的落葉，不知在思索些什麼。她將藥瓶放到了桌子上，成雲開這才注意到她，有些驚訝的蹙眉。「怎麼是妳？」

蘭亭亭聽著這話也很驚訝。「太醫院首席女醫為您上藥，還有什麼不滿的，難不成非要羅大人來？」

成雲開挑眉，越發覺得此人大言不慚的功力又精進了不少。

「罷了，也不是什麼致命傷，給個假大夫練練手，權當行善積德了。」

蘭亭亭一邊褪下了成雲開的外衫，一邊回道：「又不是沒治過致命傷，上回某人傷口感染瑟瑟發抖，還不是我這假大夫出手相助才得以保命。」

成雲開一聽此話，恨不得翻個白眼。「阿蘭女官還好意思提此事？我這腳踝一到颳風下雨便一陣刺痛，很難不懷疑妳這是以公謀私、伺機報復。」

蘭亭亭翻了個白眼道：「既然知道我是假大夫，能救活就不錯了！誰還有空管售後？」

她說著，便將金瘡藥灑在了成雲開的傷口之上，好在傷口不深，未傷及骨頭，蘭亭亭看著看著卻被他白皙的皮膚吸引，胳膊上頗有些薄薄的肌肉，描繪出有力的線條。

卻見成雲開疼得蹙了眉，問道：「售後？」

蘭亭亭自知說漏了嘴，連忙噤了口，裝作忙碌地為他進行包紮。

成雲開就著她包紮的角度讓著身子，看她嚴肅認真的模樣，又笑道：「有時候不知道阿蘭女官是膽大還是膽小，說妳膽大，可今日遇上刺客妳躲得倒是飛快，說妳膽小，卻又敢在皇上、太后面前主動請纓。」

蘭亭亭沒有開口，卻在心中道，這還不簡單，面對刺客，雙拳難敵四腳，但面對太后，只要猜出她想要什麼，滿足她不就好了？太后想要的自然不是真相，她比馮蒼更想要一個說法，一個她可以接受的說法。

在成雲開的肩膀上打了一個漂亮的蝴蝶結，蘭亭亭拍了拍手，滿意的為他蓋上了外衣。

成雲開側頭看了下自己肩膀上過於明顯的鼓包，表情複雜。

出門碰見兩個小廝，蘭亭亭看著他們憋笑的神情，更覺得身心舒暢，邁著大步便朝大牢走去。

馮蒼已在門口等了許久，蘭亭亭一聲令下，立即提審了嘉軒閣眾人。

牢房外的審問室中，老闆娘最先被架了過來。

她滿臉苦相，眼睛紅腫，見到蘭亭亭立即往前一撲，跪倒在地。「大人冤枉啊！我們一家人在東街兢兢業業幹了幾十年，從未在食材上出過岔子，況且這後廚我們進都沒進過啊！」

蘭亭亭連忙阻止了她的長篇大論，直抒己見道：「後廚做菜的的確都不是你們的人，但是端菜的是你們，途中有機會接觸菜餚，便有機率下毒，況且後廚的門沒鎖，那麼多扇窗戶，也防不住有人伺機下手呀。」

老闆娘找不到理由反駁，只得委屈道：「我們是踏踏實實過日子的小老百姓，本還指望大人您這次選中我們客棧招待貴賓，以後能招攬更多的客人，誰承想……」說著，流下了兩行淚。「這以後的日子沒法過了！大人還是抓了我吧！」

「嗯……」蘭亭亭沒想到她會情緒失控，連忙安撫道：「妳且好生交代，有翰林院的成雲開大人坐鎮，我們自當不會冤枉於妳。」

一旁坐得安穩的成雲開，聽見這話，不太自在地挪了挪屁股。

問完話，讓人將老闆娘帶下去後，蘭亭亭對成雲開道：「她沒有反駁我並非過程中下毒，看來對司南陳究竟因何而中毒並不清楚。」

「她也可能是在裝傻充愣。」成雲開淺笑道：「有些人不是很擅長嗎？」

蘭亭亭清了清嗓子，這時帶上來了二個嫌犯，是兩位在御膳房打雜的，除卻陳國的學廚經歷外並無特殊，再加上本就是朝廷官員，哪怕僅為八品，卻也不好降罪。蘭亭亭便草草與他們聊了幾句，放他們回去了。

第四位卻是老熟人。

秦豐被帶上來時，安靜的跪下了身，頭也沒抬。

蘭亭亭開口問道：「你便是那日沒端好菜的小二？」

秦豐聽見這聲音，覺得熟悉，猛然抬頭，見堂上竟是熟人，他震驚的張大了嘴巴，卻沒出聲。

蘭亭亭見他沒有回應，又道：「為什麼會連端菜這麼簡單的事都做不好？」

秦豐有些緊張，盯著她不知該如何開口，蘭亭亭瞥了眼馮蒼，見他對秦豐並不太在意，似是對他懷疑最小，又道：「可是你識得當時桌旁的人？」

秦豐見蘭亭亭對他頻繁使著眼色，終於明白了她的意思，於是有些猶豫的開口。

「回大人，小人是不小心聽到了幾位官爺的對話，才發現原來有陳國人……」

蘭亭亭肯定的微微點頭，又道：「那陳國人與你又有何干係？」

「他們抓走了我們村子裡的人，在我小時候還曾經毆打過我的家人！」

「一派胡言！」原本有些開小差的馮蒼聽聞秦豐此言，猛地站起身來。

「馮大人且先息怒。」成雲開打圓場道：「先聽聽這孩子要說些什麼。」

秦豐又道：「我家在欒西邊城，我小時候曾親眼見到多次陳國邊關的士兵到村子裡搶奪糧食，抓走壯丁。這兩年好不容易好點了，上個月卻又出了事！他們穿著黑色的盔甲，頭戴圓帽，頂上還有穗子，裡衣是紅色的，拿的大刀比我胳膊長出一截。」

馮蒼聽著他的描述，的確是他們邊關士兵的樣子，見他目眥盡裂，也的確不像是說謊，他對這些事情一概不知，在宮中聽來的皆是燕國侵犯自家邊境的消息，但基於對陳國的效忠，他仍舊道：「所以你就對司大人心懷不軌，對他下毒試圖置他於死地？」

「放屁！」秦豐大吼道：「我與你們這些陳國人不同，我不會不分青紅皂白的害人，就算我討厭他，也不會害他性命，我恨的是殺害百姓的陳國士兵！」

「的確。」蘭亭亭見縫插針道：「司大人被害並非是有人衝動作案所致，而是有計劃的，這秦豐在摔了盤子之後就沒有機會接觸到桌上的菜餚了，再者，若他真想動手，也不會摔了盤子暴露自己。」

馮蒼雖然面上不說，但也被蘭亭亭的話說服，卻覺形勢不對，又道：「已然審完了這些嫌犯，照妳的意思，沒有一個是真正動手下毒之人，所以妳這是什麼意思，緩兵之計嗎？」

蘭亭亭站了起來，走到馮蒼的身邊，踮起腳，用他們二人才能聽到的聲音問道：「馮大人難道就沒有懷疑過身邊之人嗎？」

馮蒼一驚，向後退了些，皺著眉看著蘭亭亭。

又聽她笑道：「不知鐘江大人此刻在做些什麼呢？」

「那天從御膳房搬運食材去嘉軒閣，途中有哪些人有機會接觸到你們的筐子？」蘭亭亭一邊剝著熱騰騰的栗子，一邊問著甘靈兒。

甘靈兒坐在床上滴溜了一圈大眼睛，回想道：「除了御膳房的人之外，出了門碰見連雲，他幫我一起清點了筐子數量後便走了，而後去到宮門口，侍衛核查運送的食材時，又碰見了內務府的公公帶樂師出宮，我們便一起去的客棧。」

蘭亭亭沈思片刻，又問道：「內務府的哪位公公？樂師不是平時住在宮外嗎，怎麼是從宮中出發的？」

「就是李大人手底下的那個，眉毛又厚又長，平日裡笑嘻嘻的賀公公。」甘靈兒說著，學著他的模樣翹著蘭花指，摸了摸眉毛。

蘭亭亭恍然大悟，原來那日一早送她入宮的太監竟是內務府李總管面前的大紅人。

「他說前一晚李大人請幾位樂師來宮中商討籌備過年大宴一事，考慮到有些大人住在城外，便留了他們在宮中住下。」

蘭亭亭驚訝道：「年底的宮宴還要提前兩個月籌備嗎？我這接風宴才三、四天的時間準備，連十年一次的太后壽宴，也不過給了他們半個多月。」

甘靈兒嗑著栗子，搖了搖頭。

蘭亭亭嘆了口氣感慨道：「誰承想這來翰林院交給我的第一件大事就給辦砸了，還連累了妳不能進後廚，在這兒坐冷板凳。」

甘靈兒卻十分想得開。「我無所謂，這幾日總有姊姊來給我送好吃的，妳又來陪我聊天，倒是並不寂寞。而且我相信我帶去的人都沒有問題，至於究竟是誰調換了那蘑菇，就要靠我們聰明智慧的阿蘭大人破解迷津了。」

蘭亭亭將手中的栗子皮彈到了甘靈兒身上，佯嗔道：「妳倒是享清福了，我還得冒著被砍的危險。」

甘靈兒回彈著栗子皮道：「怎麼回事？」

蘭亭亭嘆道：「昨日差點被馮蒼大人一刀斃命。」

甘靈兒連忙站起身來上下打量著她，確認她沒事才道：「後來怎麼了？」

「還好成大人幫我擋了一下。」蘭亭亭後怕道：「搞得我現在都不太敢一個人出門了。」

甘靈兒卻似乎非常關心她的前半句。「成大人？翰林院的成雲開大人嗎？」

「我好像只認識這麼一個成大人。」

甘靈兒皺著眉頭回想道：「我常聽總管提起，說跟翰林院的人打交道十分不易，怎麼從妳這兒聽說，倒覺得這位成大人不太一樣，挺仗義的。」

仗義？聽見這詞用來形容成雲開，蘭亭亭沒忍住笑了出來。但轉念一想，當時他完全可以置她不顧，馮蒼的目標本就不是他，他卻替她挨了一刀，難道說……

蘭亭亭恍然大悟道：「他這是有求於我呀！」

在甘靈兒詫異的目光中，蘭亭亭邊走邊跟她告別。

離開御膳房，她徑直去了內務府，賀公公見她來了，上前笑咪咪地招呼道：「幾日不見，阿蘭女官怎麼有空來內務府了？」

蘭亭亭笑道：「阿蘭奉旨調查接風宴司大人中毒一事，這宴會內務府也有參與，想必定然會配合下官盡快查出真凶吧？」

「那是自然。」賀公公摸了摸眉毛笑道：「不知阿蘭大人想要咱家如何配合？」

「豈敢煩勞公公，請那日參與宴會的幾位樂師出來聊聊便好，阿蘭發現了些許端倪，需要幾位樂師的證詞。」

賀公公抿著嘴笑了笑，點了點頭，將樂師的名單給了她，又吩咐小廝帶她出宮去尋。

蘭亭亭在出宮的路上想明白了成雲開是何事有求於她，如果她的推想沒錯，這事跟內務府有關！

他這次如此積極的配合她調查下毒一事，為的是想要藉機將內務府拖下水。

既然成雲開替她擋了刀，那她再替他將這水搞渾些也未嘗不可。

走訪了幾位樂師，蘭亭亭注意到了一個人，此人身材瘦小，與其他樂師的氣質大為不同，口音也有些濃重，不像是常年居住在京城。

她不動聲色，假意提出自己找到了下毒之人。「此人是在出宮到嘉軒閣的路上動的手，聽賀公公的意思，他曾在路上注意到一個身材矮小，衣著灰黑色的人靠近御膳房拉貨的馬車。你可曾見過？」

樂師連忙點頭。「見過。」

「大概何時？可看清了此人的長相？」蘭亭亭追問道。

樂師搖頭道：「沒太注意時間，也沒太看清長相。」

「若再見到可能認出來？」

樂師有些驚訝的反問道：「大人已經將此人抓住了？」

「不錯，賀公公已經幫忙看過了，但是他年歲大了眼神不好，還得需要一個人證，我這都問了一路，偏偏旁人都未注意到。」蘭亭亭說著，嘆了口氣，起身要走。「看來是難以將此人定罪了！」

見蘭亭亭就要離開，樂師連忙起身。「大人且慢！若是再見到，下官或許能確認他的模樣。」

蘭亭亭揚眉笑道：「如此甚好。」

樂師就這麼隨她一路回了京城府衙，在大牢見到了幾個身著囚服的犯人，皆背著身。

蘭亭亭從一旁拿來了一個面具，集市上幾文銀子就能買到的東西，遞給了樂師，在他耳畔道：「怕他們記你的仇，日後報復，你戴著面具，記住他們的長相，待會兒說與我聽便可。」

樂師戴上了面具，蘭亭亭便一聲令下叫他們回過身來。

一炷香過後，他們離開了牢房。

樂師放下了面具，卻有些猶豫道：「這些人皆是從我們路過的市集抓來的嗎？」

蘭亭亭搖了搖頭道：「自然不是，有些是牢裡的犯人，以防你將人認錯。這樣指認出真凶的可信度，才更高些嘛。」

聽她這樣說，樂師又皺緊了眉頭，仔細回想著，半晌才信誓旦旦的對蘭亭亭道：「是中間的那個人。」

蘭亭亭聽罷，有些驚訝道：「不是說身材矮小嗎？那人我記得是中等身材吧。」

樂師解釋道：「許是當時他畏畏縮縮、心虛欠身，看起來身材不高的樣子。」

蘭亭亭看了眼周圍的衙役，又問道：「你當真如此確定？」

「不錯！」樂師點了點頭，補充道：「大人務必將此人就地正法，不要給他苟延殘喘、信口雌黃的機會呀。」

蘭亭亭沈思著點了點頭，走到了「公正嚴明」四個大字的下面，一拍驚堂木道：「帶犯人上來！」

樂師聽罷，有些慌張，四處去尋方才那張面具，卻怎麼也找不到。直到那犯人被帶上堂，卻聽蘭亭亭朗聲道：「抬起頭來！」

犯人惶恐地抬頭，神色從恐懼轉為驚詫，而後看到指認他的樂師後，目光迸出火花，抬手指著無處遁形的樂師道：「死騙子！你他娘的還敢出現在老子面前！」

「你一派胡言，別冤枉好人了！」樂師還未等那犯人說完，連忙跪下身來，大聲反駁著。

蘭亭亭卻沒有阻攔那犯人說話，反而對他點了點頭，示意他繼續。

得到了蘭亭亭的允許，犯人聲情並茂道：「大人，此人本是城外村子裡的騙子，沒個正經事做，靠偷雞摸狗過活，當初還沒顯露出本性的時候，就騙走過我們家的雞！前幾天我在街上見到他，當時我就覺得奇怪，他穿得人模人樣的，還和幾位官爺走得很近……」

「你是說你們曾有過節。」蘭亭亭插話道：「所以你就上前找事，阻礙了御膳房的隊伍？」

犯人連忙磕頭道：「是小人當時犯渾，衝動了些，但小人只是想揭穿他的醜陋嘴臉，讓其他大人別被他矇騙，可沒想到卻被人攔下，將我扔到巷子裡揍了一頓。」

「何人攔住的你？」蘭亭亭問道。

「為首的一個大人，穿著紅色的綢緞，就是，」犯人有些彆扭道：「總是笑嘻嘻的，手上還掐著蘭花指，可能是位公公吧，就是他下的令！」

屋裡忽然響起了一陣掌聲，成雲開進了屋，見蘭亭亭站在大堂之上，竟是一副難得嚴肅認真的模樣，忍不住稱讚道：「阿蘭大人總是不會令我失望！」

樂師不知他們二人之間發生了什麼，卻知此刻再不喊冤便來不及了，他連忙道：「大人，莫聽這小人胡言亂語！我自小便在城南巷子裡長大，從未去過他說的什麼村子，過去也從未見過他，這人言語粗鄙、行事魯莽，當時賀公公是怕他衝撞了御膳房的食材，才將他強行帶走，我瞧他才是那下毒之人！」

成雲開回過身來打量了下他，肯定的點了點頭。「這話倒也不錯。我昨日將此人抓回府衙，便是因為他的身上搜出了有毒之物。」

樂師聽了這話，大喜道：「您看！我就說他接近馬車是為了調換食材，他方才是狗急跳牆、肆意陷害。」

蘭亭亭卻笑道：「樂師大人，成大人一說有毒之物，也未提及犯人是如何下毒的，你又怎會知道他是通過調換了食材，而不是直接將毒藥撒入食材之中呢？」

樂師被她這一反問，頓時不知如何回應，愣在當場。

又見成雲開從懷中拿出了一個短小白嫩的物件。「他的身上發現了這個東西，我起初還不確定，拿去太醫院問了一圈，才知道這是那毒蘑菇的根莖。只是若是他下的手，這幾日都未清理，也未發現，一直穿著作案時的一身衣服在府衙前面來回走動，未免有些說不過去吧。」

成雲開見那樂師的腿抖得厲害，輕點了下他的肩道：「反而我聽說你們當時起了爭執，這說不定是你嫁禍藏在人家身上的，如此說來，這替換食材之人，豈不是……」

樂師似是受不住成雲開這輕輕一點，撲通一聲跪倒在地，哭腔道：「大人，小的不過是收人錢財、替人辦事，這蘑菇我發誓並不含什麼毒性，炒熟了就能吃，若是知道會害死人，打死我也不敢做呀！」

蘭亭亭見他這樣說，心中更加放心，走上前扶他起身，吩咐衙役帶走那犯人，才對他道：「你說的不錯，這蘑菇的確不帶毒素，也不致命，否則我和成大人早已死了。但你必須老實交代，指使你替換這蘑菇之人，究竟是誰？」

樂師憋著一口氣，猶豫許久才道：「我不知道是誰，我只是在黑市裡買了個樂師的官職，濫竽充數進去，就為了能跟著內務府的公公們撈點油水。這事我是背著賀公公接的，給錢的人只留了封信，我從未見過他。」

說罷，便從鞋底將那信拿了出來，遞到了成雲開的面前。

成雲開嫌棄地別過了臉，又後退了兩步，絲毫沒有要接的意思。

樂師見他這副模樣，不好意思的將信攤開，擺在案桌上。

「某一日我回家，發現住處桌上就突然多了這麼一封信，出了高價讓我去宮中當差時利用機會把一小筐蘑菇混著放進御膳房的食材裡，我想著這蘑菇沒有什麼毒性，那人可能是為了得到宮中食材的進購資格才這麼做的，一時鬼迷心竅就動手了，我發誓我只知道這些，別的，小的真的一概不知！」

成雲開示意讓人收起了這信，回過頭來對著樂師勾唇笑道：「很好，有關阿蘭大人這邊的事情，你的部分約莫是聊完了，接下來且到在下的府上，聊聊這買官的事如何？」

樂師後背冒出了冷汗，對蘭亭亭投出了求助的目光。

後者恍若沒瞧見一般，開口道：「既然人證、物證皆在，那我便請陳國使臣一同進殿稟報聖上了，成大人可不要一時興起，耽誤了時辰哦。」

成雲開笑著點了點頭。

蘭亭亭走到大堂門口，忽然想起了什麼，回身又道：「成大人的紗布該換了，若是家中小廝手腳不索利，也可以來找我幫忙，按次計費哦。」

成雲開蹙了眉，咕了一聲，回道：「那阿蘭大人可要備好了上等的金瘡藥。」

蘭亭亭入宮覲見時，殿中的氣氛有些緊張。

小皇帝難得不是面帶微笑的端坐在龍椅之上，太后在簾子後面正靠著椅背扶著額，見蘭亭亭進來，語氣疲憊道：「查得如何了？」

蘭亭亭連忙恭敬的行禮道：「回太后，阿蘭已經找到了調包蘑菇之人，此人是當天宴席演出的樂師。」

「樂師？」太后沈思片刻，吩咐一旁太監道：「內務府怎麼辦事的，把李文城給我叫進來。」

蘭亭亭一副欲言又止的樣子，小皇帝看不下去，問道：「何事，愛卿可以直言。」

「此人其實並不通曉樂律，這樂師一職是買來的。」

太后聽罷震驚的站起身。「買來的？」

「不錯，成大人已經在盤問他買官的經過。」

蘭亭亭說罷，太后沒有回應，只是緩緩坐了下來，大堂中一片安靜，時間緩慢地流逝著，好一會兒李文城才終於不急不緩的請求覲見，一入殿便感受到了這不尋常的氣氛，索利的行了禮，匯報起了年底晚宴的安排。

太后沒有打斷他，卻在他講完後厲聲問道：「愛卿用心良苦，還安排了樂師提前兩個月進行練習，是怕哀家發現這當中有濫竽充數之人？」

「臣惶恐！」李文城連忙跪下，顫聲道：「臣不明白太后的意思。」

太后哼了一聲，又道：「你難道不知，你這樂師一職在黑市上不過開個鋪子的價錢吧？怎麼，是打算將這鋪子開在我皇宮之中了？」

李文城連忙解釋道：「太后也知道近來微臣身體不好，內務府的事都是賀立那廝忙前忙後，許是那賀立藉著我的名號，將這樂師一職拿來買賣，是微臣疏於管理，請太后、陛下降臣失職之罪！臣定戴罪立功，將賀立一派以公謀私之亂臣全數拔除！」

嘖！蘭亭亭在一旁低著頭，聽他這聲聲泣血的語氣，不知道的還以為他真是蒙冤在身。

這齣以退為進，若是在別的時候說不定能夠奏效，但此刻，太后連成雲開的問訊結果都懶得等，想必早就想要整治內務府，此事不過正好有了個由頭。

果然，太后冷冷地開口。

「你這信口雌黃的能力真是從十年前就日益精進，這賀立難道不是你一手栽培起來的？平日裡哀家對你那些個小打小鬧睜隻眼、閉隻眼也就罷了，你竟然還敢賣官？是徹底不將哀家和皇上放在眼裡了，還是說你以為這內務府是全權為你辦事的！」

新仇舊恨一起提，蘭亭亭心想這回李文城是跑不了了，但凡開始翻舊帳，那就是不打算給你擊鼓鳴冤的機會了。

李文城聽了這話，心中自然也明白了太后的意思。

近日來朝廷上對皇上即將親政一事傳得沸沸揚揚，淨是有人偷偷向他打聽消息，這回是有意拿他殺雞儆猴，以儆效尤。

他受用的接受了這安排，抬手將烏紗帽摘下。

「老臣為大燕朝勤勤懇懇賣命了二十餘載，望太后念及老臣沒有功勞，也有苦勞的分上，許老臣解甲歸田，壽終正寢！」

太后見他應允得痛快，便不再多言，吩咐人將他帶走。

李文城走後，太后又幽幽的開了口，卻是對小皇帝道：「皇上，並非老臣便都是忠臣，也並非進諫的都是良言，你還小，很多複雜的事情還未曾接觸，哀家是怕你被逆臣哄騙。」

蘭亭亭跪在殿下，內心怦怦直跳，忐忑萬分，按理說，這話怎麼也不該在她還未走時說，太后這是將她忘了？

一片寧靜之中，太后的話已掉到了地上，皇上仍許久未回應，她正猶豫著要不要開口圓場，便聽太后又道：「阿蘭愛卿，妳說哀家所言如何啊？」

「嗡」的一下，蘭亭亭的大腦當了機，這比上課被老師點名回答競賽最後一道題恐怖太多，一句話便能決定生死。

她抬頭看著小皇帝氣紅了眼的目光，又感受到了簾子後面太后直勾勾的眼神，欲哭無淚。

怎麼回事，她不過一個小炮灰，怎麼誰都要找她站隊？

「微臣不敢揣度太后的意思。」蘭亭亭連忙叩首道：「但臣以為，太后所言自是全部為了皇上著想。李文城一派的老臣，因著曾伺候過先皇，便耀武揚威，不將陛下和太后放在眼裡，此人定當鏟除。而向皇上進諫之人，或許忠肝義膽，或許各懷鬼胎，皇上可以通過分辨他們的意圖、目的，聽取太后的想法來進行判別。」

書中，太后垂簾聽政到大結局，蘭亭亭當然選擇為她說話，但她也並不想當真給太后站隊，皇上此刻還小自然好說，但他總有長大的一日，她可不想被皇上記仇。

太后聽罷，不再多說什麼，蘭亭亭便退了下去。

出了大門，正見成雲開站在門口，卻是絲毫沒有要覲見的意思，她見他這副模樣，想必已然看到了李文城被帶走的狼狽樣子，笑道：「這回是如您所願了。」

「這李文城買賣朝廷官職，給他機會回家養老算是便宜他了。」成雲開挑眉道：「光他這些年賺的就足夠他頤養天年了，就他這個樣子，外面還養了一票妻妾為他養老送終，妳以為太后會不知道？」

蘭亭亭搖了搖頭，什麼也沒說。

方才經歷了太后一問的她，有些恍惚，怔怔的朝宮外走去，卻聽成雲開在後面忽然對她喊道：「阿蘭女官上等的金瘡藥可備好了？」

在成雲開對上等金瘡藥的堅持下，他們去了太醫院，蘭亭亭覺得他簡直在無理取鬧，但這人再怎麼說也是她的頂頭上司，雖然看起來沒個正經，但要起狠來，誰知道他要怎麼折騰她。

接風宴的事還未告一段落，她可希望他能消停消停，別再藉著這事搞出什麼事來，她可沒這本事挨個兒擦屁股。

第十章

來到了太醫院，在一眾醫官、醫士的圍觀下，蘭亭亭直接把成雲開帶入診房，關上了門。

她褪下了成雲開的外衫，見他肩膀上的傷好得有些慢，小心翼翼地以上等的金瘡藥薄薄的一層灑在上面。

成雲開撇了撇嘴道：「阿蘭女官可真替太醫院著想，妳這出診費都夠買一車這種藥了。」

「成大人可真不是個聽話的病人。」蘭亭亭指了指他的傷口道：「您是不是這兩天沒有好生歇著，這傷口怎麼還扯開了？」

「阿蘭女官成天忙著接風宴的事，這翰林院大事小事我連個用得順手的人都沒有，唉。」成雲開佯裝苦惱地嘆著氣道：「可不得親自上陣了。」

蘭亭亭在他看不到的位置翻了個白眼。

她去翰林院之前，他手底下能一個人都沒有？怕是見不到她卑躬屈膝的聽話模樣，心中不踏實吧。

她重新裹好了紗布，故意勒緊了一點，引得成雲開倒抽了口氣，她卻笑道：「這回知道疼了。」

送走了成雲開，她又在太醫院等了一會兒，走到熟悉的後院水塘旁，頓覺剛穿越過來的時候自己真是膽大妄為，也有些天真幼稚，以為考入太醫院就能避免諸多紛爭，卻不知有太多人能站在太醫院的頭上對他們呼三喝四。沒有能力，那麼無論在哪裡，都只能成為掌權者手下的棋子，身不由己。

想得專注，未注意到羅遠山已來到了她的身邊。

他見她現在的神色雖不比當初明亮，但卻柔和了許多，不禁長出了口氣。

蘭亭亭這才轉過頭來，對他笑道：「羅大人，這些日子又麻煩您了。」

「司大人還未甦醒，凶手可找到了？」羅遠山背著手，感慨道：「真是麻煩，要是早知道妳剛去翰林院就會遇上這樣的事情，當時太后向我要人，我就不會那麼乾脆的同意了。」

蘭亭亭頗為驚詫。

「是太后要的我？難道不是皇上……」

「壽宴那天，她將我留下，問了我關於三齒噬髓草的事，我多說了幾句，她似乎對妳很感興趣，我想著妳這醫術……」羅遠山頓了頓，似乎是在找個不那麼打擊她自信心的說法。「可能的確不適合在太醫院發展，而翰林院則是更好的平臺，怕太后回頭變卦，便擅自替妳決定了。」

蘭亭亭回想著，本以為是小皇上見她聽話，想要將她留在身邊，卻沒想到先被太后看中了。不過想來也是，時復是太后一派，將自己歸到他的麾下，合情合理。

「司大人的事，誰也想不到，但也總歸找到了線索，暫時告一段落。」

蘭亭亭看著湖中扇動著翅膀撲騰的鴛鴦，靜靜地說著。

「明日宮中便會正式宣布此事的調查結果，給陳國使臣一個交代。至於我能否將功抵罪，就全看明日了。」

司南陳中毒一案的調查結果是由內務府新官上任的彭大人宣布的。

這位富態的彭大人年歲不小，卻因常年和李文城不和，一直沒怎麼升遷，此次倒是被太后一手提拔了起來。

蘭亭亭看他話都說不索利的樣子，忽然覺得李文城可能也不都是出於私仇打壓他，他的確不像是能幹之人。

這中毒一案的調查結果是蘭亭親手起草的，略去了樂師買官一事，只說是因為對陳國的私仇而蓄意報復，通篇皆是在撇清此人與大燕皇室的關係，結尾又被太后添油加醋了些斥責之詞。

馮蒼聽罷自然是頓覺痛快，鐘江卻沈默了許久，上前道：「事已至此，之前我國所提的和談一事，怕是需要從長計議，我們二人準備不日啟程，將司大人接回國內診治。那下毒的樂師，也請大人交到我們的手上，由我國進行判罪。」

彭大人正了正帽緣，搖搖頭拒絕。

「這怕是不妥，這樂師再怎麼說也是我們大燕的人，理應受到我大燕律例的監管，大人大可放心，我們自當依法處置。」

馮蒼不滿地喊道：「既然如此，那麼我們就等到他定罪問斬，再回國也不遲！」

「這……」彭大人皺起了眉，咂了下嘴道：「那二位大人的住所，請阿蘭大人再給安排安排吧。」

嘉軒閣是不能再住了，就算他們敢去，蘭亭也不敢讓他們去了，太多供人下手的機會，若是再生事端，她小命恐怕也不保了。

為了他們監督判刑那樂師方便，蘭亭亭包下了府衙對面的客棧做為他們暫居之處，三天後，將由京城知府開庭審理此案。

可還未等到三天後，蘭亭亭便在刑部大牢內，逮到了一位不速之客。

此人趁著月黑風高，身著夜行衣潛入大牢之中，翻遍了各大牢房，卻也沒能找到他想找的人，終是在被迫放棄行動之時，被潛伏的守衛抓了個正著。

成雲開點起了火把在他面前晃了晃，摘下了他的面具，笑道：「何必如此費心費力，您一開尊口，下官自然會帶您來見那將死的樂師。」火光下映著一張面色發黑的臉。「我說的沒錯吧，鐘大人。」

與此同時，在翰林院的後院，也有個人被侍衛扣在了空盪盪的院子裡。

蘭亭亭嘆著氣從一旁廢棄的屋子裡走了出來，撣了撣身上蹭到的餘灰，頗為傷心道：「我是真沒想到，來翰林院後第一個對我好的人，竟會做出這樣的事來，」

一個被團團包圍的人手中拿著兩本翰林院的藏書，僵直的站在她的面前。

「連雲，是我小瞧了你。」

連雲怔怔的看著蘭亭亭，反應了下，連忙笑道：「大人這是何意?下官在為您拾掇過兩日要用的藏書呀。」說罷，還將手中的書向上抬了抬。

蘭亭亭「哦」的一聲，頗感興趣的上前伸手去拿那兩本書，舉起來抖了抖，一張輕薄的紙飄落在地，蘭亭亭沒去撿，只是笑道：「那請問這封密信，也是連雲為我做的筆記嗎？」

連雲一時不知做何解釋，便又聽蘭亭亭繼續開口。

「你不用疑惑，鐘江已經落網了，我們已經知道你並非陳國人，不過收取了他們的賄賂，才為他們打探消息。若是能將功補過，我定會為你在太后面前說情。那樂師不也還好好活著嗎？」

連雲抖著腿跪在地上，他垂著頭，似是仍有不甘心的問道：「大人是如何知道小的做了這事的？」

「雖然未入宮多久，但御膳房的情況你非常瞭解，我起初對你沒有任何戒備，所以你能很輕易的獲取到我知道的信息。」

蘭亭亭搖了搖頭，神情失望。

「可後來你有些過了，竟然幾次三番沒有我的吩咐就直接去找甘靈兒核對宴會所用的食材，她初與我說時，我姑且相信你是做事盡心盡力，但後來，你竟然還擅自去了嘉軒閣，你對這事未免過於上心了些。」

蘭亭亭命身邊人拿出了一張紙，她捏著紙的一角，扔在了連雲的身邊，恰巧落在那密信之上。

「你錯就錯在不該偷偷用了我的筆墨紙硯，我那桌子上留下了你因慌張而用力過度，透過紙背留下的痕跡，我偏巧辨出了你的字跡。」

連雲此時卻忽然笑了起來，笑著笑著流下了眼淚。

「大人果然細緻入微，我也小瞧了妳。但妳還是說錯了一點，我從未收過鐘江的賄賂，過去也從未與他相識，只不過我們的目的都一樣。我絕不能接受與陳國和談。這一仗，積怨了二十餘年，此時陳國內亂，正是開戰的好時機，太后卻始終猶豫不決，他們如此窩囊，可知邊境的百姓過的是什麼樣的日子？」

蘭亭亭全然未想到他會說出這樣的話來，頗為震驚，前一日她才調閱了他的身家背景，知曉他是在內陸長大，家道中落才被迫入宮謀生，按理說，他應當從未到過邊境才是。

「你是如何瞭解到這些的？」

連雲嗤笑一聲，仰天道：「我愛的人去了邊境，說是去當隨隊軍醫，我們通信的一年多時間裡，她把她見到的一切都告訴我，我本欲高中狀元之後將她接到京城，卻未想到，再也沒有這麼一天……落榜後我消沈了許久，我不甘心，也等不及了，我必須用最快的方式讓皇上和太后知道該做什麼！於是我做了對一個男人來說最難的選擇，卻終究掀不起任何浪花，直到我遇到了鐘江……」

蘭亭亭聽他說罷，沈默許久才又開口。

「好，你的目的達到了，如此一來，兩國必將開戰，但我想問一句，你為了對付陳國人，不惜自降身分和他們合作，那你可知他們的背後有沒有藏著更可怕的陰謀和目的？你以為你們是互惠互利，但你又怎麼能確信自己不是被他利用？」

「我累了。」連雲笑道：「我等不到那天了，都隨便吧，你們就殺了我吧。」

蘭亭亭蹙眉，一甩袖子轉身離開，只留下一句。「真是個不顧後果的瘋子！」

而這個瘋子的前方地上正躺著一張紙，上頭寫的不是蘭亭亭以為的燕國密報，而是一封寫給舊人的情書。

蘭亭亭頗為唏噓，他們特意選在連雲送情報的必經之路上攔截他，卻沒想到他最後並沒有送出密報，這一回還真如他所說，是來拾掇她要用的書的。

但罪證確鑿，此時她也不知該慶幸他終究沒有將那份密報送出，還是哀嘆他搖擺動盪的一生。

蘭亭亭收押了連雲，回到自己的住處，在屋中呆坐了許久，腦海中仍是連雲方才說的那些話。

忽然有人敲了敲她的門，小廝知會她太醫院今兒個收到了她的家書，正巧有人進宮，便順道帶了過來。

蘭亭亭這才想起之前寄家書回去留的地址是太醫院，阿蘭的父母還不知道她已然入職翰林院。

接過了家書，她坐在床邊仔細看著，信中果然提到了成雲開所說的小廝，他們進購了一批傳靈鎖，讓阿蘭的父親高興極了。

她忍不住嘆了口氣，平靜的生活是多麼的可貴，而這世間的許多人卻很難享有。

看完了家書，她不禁想到了秦豐！

那個孩子應該已經從刑部大牢放了出去，她有了些不太好的設想，連忙收了信，動身去了成雲開的府上。

此刻明月當空，天色已晚，但蘭亭亭想到這事就全然坐不住了，她來到成府，成雲開卻不在，小廝安排她在大堂等候，為她熱了暖茶。

她裹著匆忙出來時披起的外衫，抵禦著外面吹來的陣陣寒風。在她快要睡著的時候，成雲開終於回了府，他風塵僕僕的樣子，從外面又帶來了一股寒氣，見到蘭亭亭時頗為驚訝。

「何事如此重要，都什麼時辰了還出來，等不到明日天亮？」

蘭亭亭站起身，看了眼旁邊跟進來的小廝，那小廝又看了看成雲開的臉色，意會的退了出去，為他們關上了門。

蘭亭亭這才問道：「秦豐在哪兒？」

成雲開蹙了眉。「不知道妳在說什麼。」

「別和我裝傻充愣。」蘭亭亭睏得厲害，懶得同他兜圈子，開門見山道：「他是秦苒的弟弟，對嗎？」

成雲開坐到了椅子上，為自己添了杯茶，吹了吹漂浮的茶末，狐疑道：「與妳何干？」

「你是不是早就知道他是誰了？」

上次在東街上，蘭亭亭碰見秦豐的地方，有一個空宅，她曾讓連雲去查，最後不了了之，來成府之前她又親自去核查了一下，那裡是沈泉的私宅。那麼很有可能，那天秦豐在西街突然消失，便是被沈泉帶走了。

沈泉是成雲開的死士，若他知道秦豐的存在，成雲開不可能不知道。

成雲開放下了茶杯，又不急不緩道：「還是那句話，與妳何干？」

「的確，與我無關，但我想提醒一下成大人，你已經殺了他的姊姊，至少給他留條可以走的路。這次司南陳中毒一事，是我不小心害他攪和了進來，但我後來也保住了他的性命。他在刑部大牢的那段話，也的確對勸服馮蒼有至關重要的作用，看在他有功無過的分上，望成大人權當積德行善，放過一個孩子。」

成雲開的眼睛黑得發亮，屋裡的燈火被風吹得時明時暗，他像貓盯著獵物一樣盯著蘭亭亭，半晌問了句。

「妳認為我會殺了他？」

「不。」蘭亭亭搖頭道：「他一定對你有用，你不會毫無因由的殺秦苒，也不會毫無因由的抓秦豐過來。我是怕你對秦豐用別的手段脅迫他，就像我怕你用我的父母來威脅我。」

成雲開聽罷，卻是笑了。

「我倒沒看出來妳怕我。」

蘭亭亭也笑。「我當然怕。我今晚來，便是因為我怕你。所以，我來並不只是為了勸誡你，而是要告訴你我可以幫你，你把秦豐交給我，或許我能替你找到你要的東西。」

成雲開眉一挑，垂下眼眸，喝了口茶。「什麼東西？」

蘭亭亭哪裡知道是什麼東西，但是成雲開這麼問了，便代表秦豐手上當真有他要的東西，而且與秦苒有關，那麼便一定是……

「陳國的秘密。」

成雲開沈默著放下了茶杯，站起身走向門口。「東街的空宅，想必阿蘭女官還認得路吧。」

蘭亭亭踏著輕快的步伐，走到了他的前面，比他先出了屋，看著屋外清明的月色，她忽然覺得神清氣爽。

成雲開看著她的背影被冷色的月光包圍，想起了涼亭下的某個晚上……

「對了。」蘭亭亭忽然回過身來，對成雲開笑道：「成大人或許該管教管教府上的小廝了，哪有人用熱茶來招待半夜來的客人？你準備熬到天明，我可是還要回去睡覺的！」

鐘江被翰林院扣留的第二日，皇上與太后單獨召見了他和馮蒼，沒有人知道他們說了什麼。

鐘江利用連雲打探御膳房從宮中運走的食材，又買通買官的樂師替他調包蘑菇，勸誡司南陳自帶酒水，以防被燕國下藥誤事；又在那茶壺中下了與蘑菇相沖的藥劑，從而想令司南陳中毒暴斃，嫁禍燕國皇室殺害使臣的罪名，以達到阻止和談的目的。

但他卻少算了一點，蘭亭亭和甘靈兒皆是出身太醫院，及時的處置救下了司南陳的性命。

他只得再攛掇馮蒼刺殺燕國臣子，激化兩國矛盾，同時防止他發覺自己的異常舉動。

但他又未曾想到，蘭亭亭和成雲開已然懷疑到了他的頭上，抓了那樂師不過是將計就計，為了引蛇出洞的計劃。

果不其然，聽到樂師要升堂判刑的消息，他便有意殺人滅口，而此時馮蒼因蘭亭亭所言對他留了幾分心眼，在當夜假意到外面買醉，他只得親自動手，最後行蹤敗露，當場被拘獲。

而從頭到尾司南陳中毒一事都未傳出宮去，當時蘭亭亭一聲令下，帶走了目睹此事的所有人等，對消息進行了封鎖，所有樂師、連雲、鐘江所做之事，皆未公之於眾，這也給了皇室與他們談判的空間。

三日後，蘭亭亭代表翰林院，在城西送別馮蒼和馬車中仍在昏迷的司南陳，他們的身後還跟了一輛囚車，鐘江被扣在當中。

「今日一別，怕是以後無緣再見。」馮蒼感慨道。

蘭亭亭卻笑道：「無緣再見是好事，總比戰場上刀槍相見的好。」

「說的不錯。若真的開戰，我定會奔赴戰場。」

「馮大人忠肝義膽，但著實要小心被小人利用。」

馮蒼在整個事件中純粹被當枚棋子在耍，蘭亭亭忍不住低聲提醒。

「照理說，我不該談論貴國內政，但此時司大人被派來和談，身邊卻跟著一個密探，那很難說貴國皇帝的身旁是否也有和他同謀之人。望大人能莫聽謠言，多在邊關探查些實情，為百姓謀福祉。」

馮蒼這回沒有再衝動的反駁，他親眼見識了鐘江陰險的計謀，也見到了司南陳費心費力卻四處不討好的愚忠，知道從這裡離開後，他可能將要面臨另一個更加可怕的漩渦，甚至很難分辨，手邊是救命的稻草，還是拉他入深淵的水草。

蘭亭亭回了城後，沒有直接回宮，而是先去了東街的空宅。

那日與成雲開談好條件後，蘭亭亭在空宅見到了秦豐，見他神色如常，身體無礙後，她也沒有執意要將他帶走，畢竟在京城，成雲開比她更有能力保護他的周全。

秦豐見她回來，興高采烈的迎了上去。

「看到我姊姊了嗎？」

秦苒是蘭亭亭一直不忍提起的話題，在秦豐口中，她對她的家人是如此看重，自己也受盡了陳國的迫害，但卻成為了陳國的間諜，手上染了燕國人的血。

她的死，蘭亭亭不知道是否該怪罪誰，她始終不忍將事情的原委和盤托出，更不敢去想，秦豐知道真相後，會更痛心於姊姊的離開，還是她的背叛。

蘭亭亭心情複雜，卻只能面不改色地撒著謊。

「宮中幾千人，哪兒能這麼快找到。」

秦豐哼了一聲，坐到了椅子上。

「妳和那個成大人都在騙我，說什麼很快能找到她，卻是半個月了都還沒有一點音訊。」

他的神色暗了下去，雙手垂在身側，摳著椅子上的倒刺。

「你姊姊走時，什麼都沒給你留，也沒跟你說嗎？」蘭亭亭坐到了他的身邊。「你連她在哪裡謀職都不曉得，難道要讓我在宮中逮住一個人便問『你可認識秦苒』嗎？」

秦豐沈默了許久，又道：「每次都是她寄信來，她沒留地址，我問了驛站，都說信不是從京城來的……」似乎是怕蘭亭亭誤會，他又急著道：「可她定然不會騙我，說不定她是在寄信的地方也買了宅子，她在別的地方寄的信，宮裡的大官不也都能住在外面嗎？跟成大人一樣。」

蘭亭亭連忙站起身來，刮了一下他的鼻頭道：「臭小子，怎麼不早說！」

「怕你們說我姊姊撒謊，她真的是去了宮裡當官，她從來不騙我的，京城若是找不到她，我就去那個寄信的地方找。」

看著秦豐單純乾淨的眼睛，又見他對秦苒如此信任，蘭亭亭暗下決心，無論何時，一定不能將秦苒是陳國間諜的消息暴露出來，否則，她無法想像這個可憐的孩子會怎麼看待他的姊姊，又會怎麼看待他自己。

她柔聲問道：「那個地方在哪裡？」

「京城西邊，在我來的路上，叫臨即。」

蘭亭亭沒聽說過這地方。

但成雲開卻非常熟悉，他甫一聽到這名字，當即便決定啟程。

蘭亭亭大驚。「你能隨時離宮？」

成雲開揚起了不善的微笑。「我還有半個月的還鄉假。」

正當蘭亭亭內心竊喜可以過上半個月的清閒日子時，成雲開又道：「妳的還鄉假，也一併用了吧。」

「臨即？」熙王唸著這個名字，對它有些印象。

「正是之前沈泉曾發現陳國密探蹤跡的地方。」成雲開又道：「秦苒留在京城的全部物件都已經在王府了，但仍沒有找到您想要的密信，在臨即說不定會有些線索。這幾日從秦豐身上搜羅了一遍，他的確對他姊姊的身分毫不知情，接下來除了臨即這個地方，很難從別的方向下手。」

「你跟太后告了還鄉假，卻是去西邊，不怕她發現？」

成雲開早已想好了一切。

「下官會安排人替我前去。此番去臨即，自然不能以我現在的身分，我會儘量少帶點人，避免打草驚蛇，一旦有了可靠的信息，會立即飛鴿傳書通報王爺。」

熙王算了算日子。「陳國使臣回去的路上，說不定也會去臨即，你們快馬加鞭，一定要趕上，以免東西被人先劫走了。」

這與成雲開的想法不謀而合。馮蒼此人忠誠正直，卻為人魯莽，易被人欺騙；鐘江雖被困於囚車之中，但仍有一條巧舌，若當真讓鐘江如此回陳國，搞不好這謀害他國使臣的屎盆子，還是會被扭曲事實的扣在燕國的腦袋上。

太后如今秘而不發，雖未言明發生了何事，但還是實質上給了陳國和談的機會。而成雲開仔細回想，上一世這個時候，陳國皇帝病危，四皇子雖正在與太子奪權，卻仍舊勢力較弱，由主戰的太子掌握主權。

如此一來，陳國定然不會承燕國這個情，甚至可能利用此事繼續發酵，成為兩國開戰的一個引線。

從王府出來時日頭正好，成雲開的頭卻又痛了起來，他一路扶額，吃了鎮痛的藥丸，卻難以遏制，渾渾噩噩的竟沒有回到成府，而是去了東街的沈泉空宅。

他推開虛掩著的門板，踉踉蹌蹌地進了院，用掌心捶了捶後頸，誤把西側的書房當成了自己的臥房，推門入室後，卻見蘭亭亭正四仰八叉的躺在床上午睡。

他混沌的腦子瞬間清醒，連忙側過了身，耳後的抽痛「嗡嗡」聲越發清晰。

成雲開晃了晃腦袋，回想起方才看到的場景，忽然笑了出來，又回過身來，走到了床邊。

蘭亭亭竟是坐在窗邊看書看到一半睡了過去，連外衫都沒有褪下，他扯過了一旁的被子蓋在她的身上。

蘭亭亭方才微蹙的眉頭這時才舒展開來，拽著被子的一角向上扯了扯，翻了個身，朝著白牆繼續睡去。

成雲開聽著她越發粗重的呼吸聲，恍然發現自己的頭痛減輕了不少。

他拿起蘭亭亭方才看的書，又是不知道哪裡買來的小道遊記，看了看一旁已然收拾好的包裹，成雲開起身坐在一旁的長桌前，留了一封簡信，便出了屋子，合上房門。

房裡的蘭亭亭這才長呼一口氣，轉過身來，半撐起身子，聽屋外成雲開的腳步漸行漸遠，踮著腳走到桌邊，看到了他的留言，上頭寫清了會合的時間、地點，他們當晚便要啟程前往臨即。

方才成雲開進來的時候，她其實就驚醒了，但他如此反應，她又不好動彈，只得硬著頭皮裝睡下去，意外他沒有吵她，還替她蓋被？此時看著成雲開飛舞的字跡，她忽然覺得，他或許也沒有自己所想的那麼不近人情。

時辰將至，蘭亭亭在西街匆忙買了身暗色男裝，便衝向成雲開所寫的地方，卻沒見到他的人影，只有一匹棕紅色的馬拴在旁邊的樹上。

此處位於城西高牆外的一個林子裡，人跡罕至。

她還沒來得及在心中痛罵遲到的某人，便眼前一黑，嚇得她以為自己要被人綁架，就差連聲求饒保命，她胡亂的揮舞著雙手，扯下了蒙在臉上的布，轉頭一看，正是成雲開。

一身黑衣的成雲開看了看她身上穿的男裝，搖了搖頭道：「妳穿這種鬆垮的長衫，只適合在城裡散步，而咱們要快馬前去，去，找個地方換了這身。」

蘭亭亭氣道：「你不早說，這裡連個屋子都沒有，我怎麼換？」

成雲開朝著一旁伸手不見五指的林子揚了揚下巴，把一個包袱丟給她。「喏。」

蘭亭亭接住包袱，無奈地看了看月色，向林子裡走了兩步，回頭道：「幫我守著。」

成雲開走到了那林子旁邊，背對著她，一直在與她說話，但許久，蘭亭亭卻沒了聲音，他又叫了兩聲她的名字，見後頭毫無反應，蹙眉回過頭去，有些擔心的向前走了幾步。

卻見蘭亭亭身著暗色的束身衣走了出來，映著月色描繪出了婀娜的曲線，成雲開看得怔了怔。

他清了清嗓子道：「這回有點暗衛的意思了。」

蘭亭亭聽到「暗衛」一詞頭都要炸了，她懶得與他掰扯，扯了扯衣袖，氣道：「這衣服也太緊了，我快無法呼吸了。」

成雲開別過了臉，神情嚴肅道：「誰知道妳個頭這麼小，身上卻還藏著些肉。」

蘭亭亭翻了個白眼，方才在裡面恨不得做了全套體操，才有辦法撐開這衣服行動自如。

成雲開都二十多歲了，難道連女子的衣服都未曾幫人買過嗎？這目測的尺寸，未免也小了太多。

為了趕時間，蘭亭亭懶得再去街上買合適尺寸的衣物，只得先應允成雲開上了馬，準備到下一個鎮子再購置合適的衣物。

一路上成雲開馬騎得很穩，蘭亭亭坐在後面扶著兩人之間的握把。她倒未曾想過這事，成雲開居然還細心的記著，換了馬鞍，以防她因男女之別無處可扶。

一路上他們除了吃飯睡覺外從未停歇，終於在第三日到了臨即的邊界，找到了一家兩層樓高的客棧，暫且歇腳。

這客棧是他們路上遇到的人口最為密集的地方，但其實也不過是飯點時，大堂能坐滿一屋子人罷了。

蘭亭亭注意到了他們桌對面的一桌食客。他們的著裝頗為狂野，與其他人格格不入，她偷瞄了幾眼，便見到了那些人桌邊放著的大刀。

成雲開清咳了一聲，引回她的視線，他挾了個菜放進蘭亭亭端著的碗裡，將她的碗壓了下來，在她耳畔低聲道：「不要看他們。」

吃過晚飯，回到了房間，她忍不住問道：「他們是誰？」

「妳可知道臨即什麼最多？」成雲開賣個關子道：「妳那遊記裡沒有提過嗎？」

「他們就是山匪？」蘭亭亭大驚。「竟然這麼明目張膽的舉著長刀四處遊逛，衙門沒開嗎？」

「山林幾乎覆蓋了整個臨即，這裡常年貧苦，朝廷分配的那點糧餉，妳覺得能養得起多少府衙，又豈能與自前朝便稱霸此地、靠山吃山的山匪相抗衡？」

蘭亭亭想到方才店小二和那群山匪打招呼的樣子，若是朝廷沒有徹底整治的決心，百姓也都會傾向於選擇長久以來與他們相安無事的山匪。

「陳國人也是會選地方，這群山匪對燕國的確沒有什麼歸屬感，在他們眼皮子底下做些手腳，只要不損害他們的利益就無所謂，確實是個合適的敵後根據地。」

成雲開聽她後半句話，頗為迷惑的看著她，卻沒有再追問，而是道：「天色不早了，睡覺吧。明日早些出發，半天時間可以到臨即城中，便能追上馮蒼他們，他帶著昏迷的司南陳，走不快。」

說罷，和衣躺在了床上，背朝著蘭亭亭。

這幾日趕路，他們都是分開住的，但偏巧今日這店中客源興旺，只剩這一個通鋪的客房。方才交談之時，蘭亭亭已用多餘的被褥在蓆間做了一道牆。

成雲開此人雖然貪戀權勢，卻並不貪財好色。書中，除了七王爺和他為數不多信任的幾個死士，他與其他人的關係都是君子之交淡如水，連對蘭亭亭的原身阿蘭都算不上有多少接觸，在私德方面算得上是潔身自好的正人君子。

蘭亭亭對他很是放心，她舉著蠟燭走到了床邊，也背朝著成雲開躺了下去，吹滅了那蠟燭。

四下一片黑暗，過了許久，蘭亭亭卻忽然聽到遠處傳來的哭聲。

這哭聲分外慘烈，越來越近，彷彿就在她的耳畔，她四下望去，卻什麼也看不到。她伸手去搆，卻觸到了一片牆，她像是被困在了一個沒有光源的箱子裡面，那箱子還在不停的縮小，她只能蜷縮起來，張了口卻發不出聲響。

當那箱子縮到不能再小的時候，蘭亭亭以為自己要被壓死了，四周卻忽然亮了起來，她又回到了她小時候的那個屋子裡。

原來方才的哭聲是她自己。

恐懼從四面八方湧來，她不敢低頭看，只能高仰著頭，眼淚從她的眼角滑落，沒有落在地上，而是流到了耳朵裡……

蘭亭亭猛然醒來，睜開雙眼，意識到自己身處睡前的那個房間，四周已被燭火照亮，她靠在成雲開的懷裡，胸口強烈的起伏著。

成雲開沒有出聲，只是默默的扶起了她，輕輕撫著她的後背。

蘭亭亭蜷起了身子，抽了抽鼻子，抬手擦了擦眼淚。

「我小時候跟爹娘生活在一起。」成雲開忽然開口，聲音是從未有過的柔和。「後來，家裡遇到了水災，父親為了保護我，被洪水沖走，母親因為去了山上砍柴，有幸活了下來。

「但是洪水過後，瘟疫橫行，母親生病了我卻不知道，以為她如此消沈是因為思念父親，怕她觸景生情，我想帶她去別的村子住下，結果路上她忽然病發，甚至一個大夫都找不到，我就這麼眼睜睜看著她死在了我的面前……」

「別說了！」蘭亭亭忽然大聲道：「別再說了。」

成雲開卻仍道：「不是妳的錯。」

蘭亭亭忽然抽泣了起來，她用手背抵著嘴，哭聲卻仍舊越來越大。

成雲開沈默著，時間似乎靜止了下來，只有微微的風吹動屋裡的蠟燭。

蘭亭亭緩了過來，開口道：「不要掀開你的傷疤來安慰我，我可以自己調整好。」

成雲開看著滿臉淚痕，神情卻堅定平和的蘭亭亭，心一下子軟了下去。

「好，不說了。」他輕輕拍了拍她因抽泣而顫抖的背。「睡吧，都過去了。」

蘭亭亭躺了下來，仍是背對著他，她偷偷咬著食指，在心中數著數字，讓自己不要再去回想。

成雲開靠在被褥上，仍是輕輕的拍著她的背。

他的手很大，很溫暖，動作很溫柔，蘭亭亭閉上了眼，再度沈入了黑暗中。

再醒來時，太陽已然升到了正中。

蘭亭亭揉了揉眼睛，發現睜開時有些費勁，連忙起身到銅鏡前看自己，卻驚見她標準的內雙竟腫成了歐式大雙眼皮。

昨日睡得挺早的呀，不過哭了一會兒，眼睛竟腫成這樣。蘭亭亭拍了拍臉，側過頭去，發現成雲開不見了蹤跡。

她又揉了揉眼睛，看了看原本放在他們二人中央的被褥，已然被壓扁，還朝她這邊挪了半公尺。

難道說，她昨晚不是在作夢？

母親離開後，她從未在外人面前流過一滴淚，沒想到前一晚她竟在成雲開面前如此失態，她的要強形象蕩然無存……

老天保佑，成雲開睡醒後便將此事忘了。

蘭亭亭對著鏡子，用沾了水的毛巾敷了敷臉，眼睛睜開後不那麼痛了才下樓。

正巧成雲開坐在樓下，他抬頭看到雙眼紅腫的蘭亭亭，輕輕一笑。

蘭亭亭坐到他身旁，有些尷尬地開口。「我起晚了，今日可還來得及追上馮蒼？」

店小二過來上菜，成雲開拿起兩個剛剛煮熟的雞蛋，放在蘭亭亭的面前。「敷眼睛應當還挺管用。」

蘭亭亭臉紅了一下，不太自在地拿起雞蛋，貼在眼睛旁邊。

「不用追了。」成雲開又開口道：「我一早去城裡的路上遇到了他，他已經跟那群山匪打過交道了。」

蘭亭亭聽罷，升起一種不祥的預感，她放下了雙手，問道：「只有他自己嗎？」

「不錯。」成雲開面色平靜的開口。「鐘江被山匪劫走，司南陳……」

他頓了頓，蘭亭亭卻立刻明白了他的意思。

「遇害了。」

蘭亭亭見到馮蒼的時候，他正坐在床邊，腹部包裹著厚厚的紗布，雙目泛紅，十分狼狽。

馮蒼對他們點了點頭，自嘲地笑道：「沒想到這麼快又見面了，以這樣的方式。」

蘭亭亭嘆了口氣。「節哀。」

馮蒼似乎憋悶了許久，終於有可以抒發情緒的出口，也不管有沒有人聽，兀自的說著。「沒想到司大人在京裡逃過了一劫，卻還是……是我沒用，沒能保護好他，也沒能殺了鐘江那個混蛋！」

「我聽成大人說了。」蘭亭亭安慰他道：「是那群山匪動的手，劫走了鐘江，他們人數眾多，你已經盡力了，現在要做的，不是自怨自艾，而是找到他們的老巢，將鐘江繩之以法。我和成大人此番來臨即，正好可幫你一起查清楚這背後的關係網。」

成雲開也道：「不錯，這倒不是為了你們，而是在我大燕境內竟然還有這樣的地方與陳國諸多牽連，我們自然不會坐視不管。」

「那夥人一定是計劃好的，才知道我們行走的路線。」馮蒼的聲音十分狠戾，他咬著牙道：「去往城裡的路上人煙稀少，兩邊是樹林，那夥人從南側過來衝散了我們的馬隊，下手行刺司大人後便擄走鐘江，我偷偷跟了他們一陣，看他們回到山上的寨子，卻沒有將鐘江送進寨子，而是帶他去了寨子後面的一處木屋中，我當時身上的傷失血過多，撐不住了，只得返下山來，準備從長計議，幸而被成大人所救。」

馮蒼堅定的眼神看著成雲開道：「我記得路，可以帶你們去。」

「你現在有傷在身，再說那群山匪也認得你的模樣，不便再次出面。」成雲開將手中的地圖攤在他的面前。「你將路線記下來，我們自己先去打探打探。」

馮蒼蹙眉道：「可你們二人並不會武，根本就打不過他們！」

成雲開笑道：「解決問題的方式不只有武力，若純靠武力可以解決，我們何必偽裝身分，直接向皇上請兵剿匪不更快？」

「這……好吧。」

馮蒼口拙，又感受到自己腹部的傷跳動的疼痛，的確力不從心，便按成雲開所言，將跟蹤那群山匪的路線標記出來，連同那木屋的位置也是。

蘭亭亭一路跟在成雲開的身後，兩人趁著夜色潛到了寨子的周圍。

裡面亮著燈火，成雲開叮囑讓蘭亭亭在外面等，務必留意四周，若是一個時辰後自己還沒有出來，便下山去找馮蒼，送他連夜回陳國。

「你怎麼說得跟交代遺言一樣？」蘭亭亭忍不住吐槽。

成雲開揚眉。「這叫有備無患。妳躲在這裡乖乖的等著，無論看到什麼都不要出來，我自會來跟妳會合。」

他說罷，便現身大搖大擺的向寨子大門走去。

蘭亭亭在一旁看著嚇了一跳，卻也不敢出聲，握著自己偷偷帶來的匕首在林子中等候……

——未完，待續，請看文創風1074《九流女太醫》下

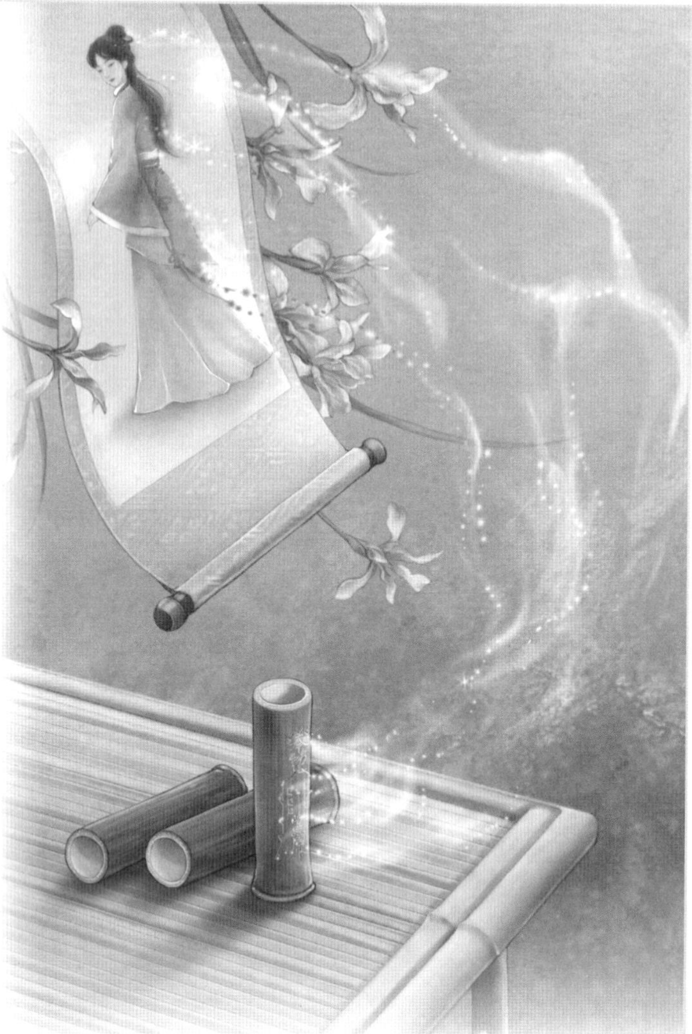

2022年5月出版

文創風1068~1069

三流貴女拚轉運

她意外回到二十多年前，自己尚未出生，國公府尚未沒落的時候。
滿腦袋想的都是如何幫助家族趨吉避凶，希望家人都能平安順遂。
從來沒想過改變了身邊眾人的命運，自己的命運也隨之改變——
錯亂的時空，錯綜的緣分，牽扯太深，她又該怎麼抽身？

溫情動人小說專家／夏言

身為平安侯府嫡女的蘇宜思，爹疼娘寵，更是祖母的心頭寶，
本該天天吃飽睡好沒煩惱，等著出嫁就好。
偏偏他們家因聖寵不再，從一等國公府被降為三流侯府，
更慘的是，她初次進宮就闖下大禍，誤闖皇家禁區，
本以為會丟了小命，甚至連累家族，誰知道皇帝寬宥了她，
後來幾次召她進宮，就像個長輩一樣，有著莫名的親切感。
欸？看來皇上沒有眾人講的那麼討厭他們蘇家呀？
不明就裡的她一心想著有什麼方法，可以化解上一代的恩怨，
心懷鬱悶地一覺醒來，發現竟然回到二十多年前，
更巧遇年輕時的父親？! 不是啊，這許願未免也太過靈驗了吧！
生性樂天的蘇宜思很快收拾好恐慌的心情，既來之則安之，
她要趁著這時一切還來得及，靠著她的「先知」優勢，
展開轉運大作戰，拯救國公府榮光——

流浪貓狗介紹所

為流浪貓狗加油 和貓寶貝 狗寶貝

廝守終生(一定要終生喔！)的幸福機會

對人來說，貓寶貝狗寶貝只是生活的一部分，但妳（你）對牠們來說，卻是生活的全部，領養前請一定要考慮清楚——

▲ 逆境中熱騰騰出爐的　包子

性　　別：男生
品　　種：米克斯
年　　紀：5歲
個　　性：親人、獨立、不親貓
健康狀況：已結紮，血檢正常、傳染病過關；天生全盲，右眼在收容所感染而摘除眼球
目前住所：桃園市桃園區（新屋貓舍義工團市區送養中心）

本期資料來源：新屋貓舍義工團

『包子』的故事：

天生全盲的包子被原本的主人以無法再照顧為由，棄養在收容所，陌生的環境、吵雜的聲音、多貓的氣味讓包子緊張得無法進食，不吃不喝窩在砂盆將近一年時間，只靠灌食維生。從收容所救援出來後，經過義工兩百多個日子的陪伴，曾經一度以為牠快撐不過去，還好最後走出了悲傷，主動進食，那一刻無比感人。

包子是個親人又獨立的孩子，會聽聲辨人，再默默地跟在身邊，靜靜陪伴著是牠最貼心的長項。照顧全盲貓不難，只需要家中擺設簡單，家具不要經常更換，牠在熟悉環境後就可以自己找到砂盆與食盆，吃飯、上廁所更不是問題，而且不跳高、不暴衝，很適合怕寵物吵鬧、搗蛋的家庭。

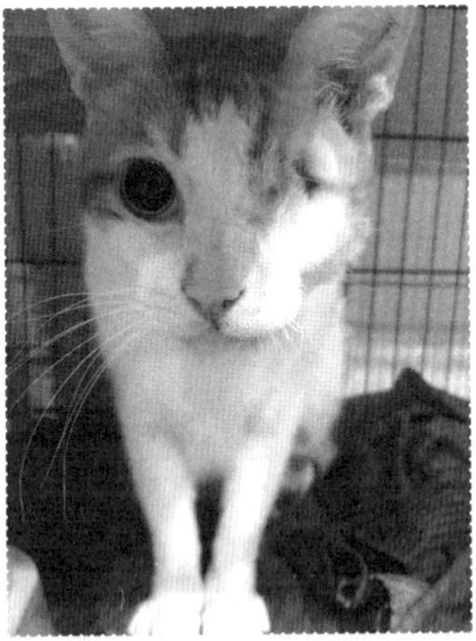

完美室友招伴中！正在等一個人、等一個家的包子，Line ID：@emo2390r，加了後記得主動告知要領養包子，讓我們盡快為您安排與牠的相見，阿哩嘎多～～

認養資格：

1. 認養人須年滿25歲，經濟穩定。
2. 家中目前無貓，
   能接受領養包子後只能是單貓家庭再決定領養。
3. 須同意簽認養寵物切結書。
4. 領養後須捐贈2000元現金或等值飼料，
   以幫助跟包子一樣需要救援的貓咪，讓愛延續下去。
5. 能接受領養審核並定期回報，對待包子不離不棄。

來信請說明：

a. 個人基本資料：姓名、性別、年齡、家庭狀況、職業與經濟來源等。
b. 想認養包子的理由。
c. 過去養寵物的經驗，及簡介一下您的飼養環境。
d. 若未來有結婚、懷孕、出國或搬家等計劃，將如何安置包子？

風 文創
1073

九流女太醫 上

國家圖書館出版品預行編目資料

九流女太醫 / 閑冬著. --
初版. -- 臺北市 : 狗屋出版社有限公司, 2022.06
冊 ; 公分. --（文創風 ; 1073-1074）
ISBN 978-986-509-332-7（上冊 : 平裝）. --

857.7 111006674

著作者	閑冬
編輯	李佩倫
校對	沈毓萍
發行所	狗屋出版社有限公司
地址	台北市104中山區龍江路71巷15號1樓
電話	02-2776-5889～0
發行字號	局版台業字845號
法律顧問	蕭雄淋律師
總經銷	知遠文化事業有限公司
電話	02-2664-8800
初版	2022年6月
國際書碼	ISBN-13　978-986-509-332-7

本著作物由北京晉江原創網絡科技有限公司授權出版

定價260元
狗屋劃撥帳號：19001626
網址：love.doghouse.com.tw　E-mail：love@doghouse.com.tw